新編　日本中国戦争

怒濤の世紀

第十二部　戦争か平和か

森　詠

Mori Ei

日本国民は、恒久の平和を念願し、人間相互の関係を支配する崇高な理想を深く自覚するのであつて、平和を愛する諸国民の公正と信義に信頼して、われらの安全と生存を保持しようと決意した。われらは、平和を維持し、専制と隷従、圧迫と偏狭を地上から永遠に除去しようと努めてゐる国際社会において、名誉ある地位を占めたいと思ふ。われらは、全世界の国民が、ひとしく恐怖と欠乏から免かれ、平和のうちに生存する権利を有することを確認する。

日本国憲法前文

戦争は無くせる…君が望むなら。

ジョン・レノン

第三編　アジア新秩序④

目　次

●第三編　アジア新秩序④　第十二部　戦争か平和か

ロシア連邦
黒龍江省
哈爾浜
モンゴル
長春
吉林省
内モンゴル自治区
瀋陽
瀋陽軍
第39・40・64軍
北京軍
第24・65軍
平泉
遼寧省
朝鮮民主主義
人民共和国
日本海
ホフホト
北京
山海
天津
河北省
太原
石家荘
夏回族
自治区
山西省
済南
山東省
黄海
大韓民国
日米艦隊
日本
西安
鄭州
済南軍
第26軍
江蘇省
陝西省
河南省
合肥
南京
上海
湖北省
南京軍第1軍
安徽省
杭州
東シナ海
武漢
南京軍第12軍
温州
済南軍
第20軍
北京軍
第38軍
南昌
浙江省
長沙
済南軍第54軍
福建軍第31軍
南平
湖南省
衡陽
福州
台湾軍上陸
江西省
福建省
厦門
太平洋
台北
広西壮族
自治区
広東省
台湾
広州
南寧
香港
0
500
1000km
南シナ海
海南省
フィリピン

カザフ共和国
キルギスタン
ウルムチ
新疆ウイグル自治区
タジキスタン
日土
噶爾
青海省
西寧
蘭州
甘粛省
蘭州軍第21軍
チベット自治区
成都軍第13軍
成都
ラサ
ネパール
四川省
ブータン
バングラデシュ
貴州省
昆明
インド
雲南省
ミャンマー
ヴェトナム
ベンガル湾
ラオス
タイ

北京総参謀部作戦要図

第一章

北京総攻撃

1

東京・総理官邸会議室　11月30日　午前零時

日米共同で北京攻略作戦を決行する。

浜崎首相がそう決心し、アメリカ側に返答してから、およそ一ヵ月が経つ。

振り返れば、怒濤の一ヵ月だった。

それも次から次に大きな波濤が押し寄せて、少しも息をつぐ暇もない。

浜崎首相は、緊急国家安全保障会議の十分間の休憩の間に、執務室へ戻った。秘書官が入れた熱いコーヒーを啜り、パイプ煙草を燻らせて心を落ち着かせた。

煙草の煙が軀に悪いことは十二分に承知している。だが、七十を過ぎた自分にとって、煙草が健康に与える害などどうでもいい、と思っている。それよりもストレスを溜めるほうがはるかに軀に悪い。

官邸の窓のカーテンの間から見える東京の街は灯火管制のため、黒々と影を作って闇夜に沈んでいる。

戦争当初、連日国会前に押し寄せていた反戦デモや誓願デモは、いまは戦時ということで制限され、ほとんど行われなくなった。反戦を叫ぶ声や自衛隊員を殺すなというシュプレヒコールが平和の情景となってよみがえり、いまとなっては懐かしい思いすらする。

デモもできないという措置は、いくら非常時だといえ、やはり民主的ではない。

大勢の母親や父親、兄弟姉妹が、身内の人々を心配し、戦争に反対して当然だし、早く戦争を止めろといって当たり前だった。その当たり前のことが、公然と叫ぶことが出来る自由は、やはり以前は平和だったと思わざるを得ない。

なんとしても、以前のような、何もないが、平穏で平和な日本や世界に戻さねばならない。それが政治家の務めであろう。とりわけ、戦争をはじめた政治家は、責任をもって、戦争を終決させるために命をかけねば、国民に申し訳が立たない。

すでに一万人近くの日本人を死なせ、何十何百万人という中国人やアジア人を死なせてしまった。

ドアにノックがあった。ドアが開き、北山官房長官が顔を出した。

「総理、そろそろ、会議再開の時間です」

「うむ」

浜崎首相はコーヒーを飲み干した。パイプを名残惜し気に銜え、煙を吸い込んだ。

「さて、行こう」

北山官房長官にうなずき、執務室を後にした。

十分間の休憩でややリフレッシュした面持ちの出席者たちがすでに席に着いて、私語を交わしていた。

「では、会議を再開します」

議長席に座った北山官房長官が会議の再開を告げた。

「河原端統合幕僚長から、日米共同作戦、および満州軍の北京軍への総攻撃について
の報告があった。徐々に北京政府を締め上げていることはよく分かった」

浜崎首相は青木外相に顔を向けた。

「一方の肝心の和平工作はどうなっているのかね？」

青木外相がおずおずと立った。

「北京政府は、いままでのところ、即時停戦を呼び掛けた国連決議を無視しています。

もちろん、安保理の停戦勧告にも、これは中国の内政問題だとして、口出しするな、
と応じていません」

「ううむ。ほかに中国を説得できる国はないのか？　友好国のルートはないのか？」

「ロシアや北朝鮮も、現在の中国指導部に接触するルートがない状態です」

「今回の中国内戦について中立の立場の国があったろう？」

「中国を説き伏せるような影響力がある国はありません」

「ううむ。お手上げか」

「ほかに秘密の和平工作は、密かにアスカが行なっています」

青木はアスカの責任者である松元NSA長官に目をやった。

松元長官は手を上げ、立ち上がった。

「現在、密かに信頼出来る筋を使って、北京の中央軍事委員会の秘書長である秦平上将と接触しようとしています」

「うまく行きそうなのか？」

「かなり可能性が高いと申し上げておきましょう」

松元長官は確信ありげにいった。

「その内容は？」

「申し訳ありません。この場でも内緒にさせてください。関係する要員の命がかかっておりますし、失敗したら、その影響は甚大ですので」

「うむ。分かった。了解しよう」

浜崎首相はうなずいた。

栗林防衛相が発言した。

「しかし、松元長官、いくら和平が成るとしても、我が国に不利な条件は困るぞ。国民を納得させるような条件でないとな」

浜崎首相は栗林防衛相を諭すようにいった。

「防衛相、固いことはいうな。我が国としては、国連総会決議にあるように、なにはともあれ、即時停戦だ。兵力を引き離し、関係国家が集まって休戦協議する。徐々に和平を実現する。

勝利しても、日本は多くを望まない。領土的野心はないし、覇権主義的要求もしない。ともかく、和平回復。双方血を流すのを止めようということが、なにより第一義的な目的だ。これ以上、自衛隊員や日本国民の血を流すのは止めにしたい」

浜崎首相は会議場の出席者を見回した。

全員が静かに賛意を示した。

「では、統合幕僚長、現状と今後の展望について話してくれないか」

「はい。では、状況表示板をご覧ください」

河原端統合幕僚長が立ち上がり、電子状況表示板を前に説明をはじめた。

電子状況表示板には、中国大陸全土の地図が表示された。

現在進行中の日米共同作戦の矢印が地図上に表示された。

矢印のいずれもが北京を目指している。

「日米共同作戦は第二段階に入りました。いよいよ八日後の12月8日未明、北京攻略作戦が開始されます」

会議室に軽いどよめきが起こった。

12月8日は、かつて日本海軍が真珠湾を攻撃し、太平洋戦争の火蓋を切った日だ。

同じ因縁の日に作戦は開始されるというのか？

浜崎首相は腕組みをし、食い入るように矢印が目指す行く手を睨んだ。

2

北京戦闘空域　12月8日　0200時

舷窓から見える北京市街地は、あたり一面の雪に覆われていた。

灯火管制をしているので街は暗く、消灯されているため、建物には明かりもなく、黒々と闇に身を沈めていた。

それでも、雪明かりで真っ白な大地に建物や家々が薄ぼんやりと見えていた。

暗視ゴーグルを掛けると、青白い建物や塔や高速道路がはっきりと見える。

国連ＰＫＦ派遣空自第6飛行隊Ｆ―2Ａ支援戦闘機の編隊十二機は翼を連ね、北京上空に侵攻していた。

コックピット内にK点接近を知らせる電子音が鳴った。

「まもなくキロ・ポイント（K地点）、スタンバイ」

隊長の石井卓2等空佐は部下に告げた。

部下の各機から応答が返る。

石井は暗視ゴーグルを上げ、レーダー・ディスプレイに目をやった。米空軍の電子戦機EA—18Gグラウラーがジャミングをかけている。

今頃、北京軍の防空レーダーや索敵レーダーは、ECMをかけられて、ディスプレイは砂嵐のようになっているはずだ。ジャミングによって開かれた電子回廊が続く限り、敵の対空ミサイルのレーダーはほとんど盲目状態になっている。

だが、電子の目を一時的に潰したからといって、安心はできない。敵はそれでもこちらの侵入ルートに沿って、ありとあらゆる高射砲や対空火器を動員し、砲弾や弾丸を射ち上げ、上空に弾幕を張る。

ジャミングに影響を受けない赤外線追尾式の対空ミサイルを闇雲に射ち上げてくるだろう。

そんな弾幕に突っ込んだら、いかに電子回廊を作ってあっても、撃墜される確度は高くなる。

そのため、電子回廊は敵に侵入コースを予測させないようにするため、ジグザグにしたり、湾曲させたりしている。

突然、周囲に高射砲弾が炸裂しはじめた。閃光がきらめき、爆風が機体を揺るがせる。高射砲弾は直接機体に当たらずとも、機体近くで爆発すれば、飛び散る破片で機体に損傷を与え、撃墜できる。

対空機関砲が放つ曳光弾の火線が何十条も上空に伸び、行く手に交差する。花火のように美しいが、危険な死の花火だ。

「畜生！　まだ生きていやがる。あれだけ、事前に叩いたというのに」

北京周辺の防空陣地には、これまで連日十日にわたり、空自はもちろん、アメリカ空軍、海軍、海兵航空隊が総力をあげ、大量の誘導爆弾やミサイルを叩き込んだ。壊滅的な打撃を与えて置いたはずだった。

すくなくても、ブリーフィングでは、そう聞いていた。

『…被弾！　ファイブからリードへ。…』

突然、5番機の森谷1尉から悲痛な声の通報が入った。

「ファイブ、ダメージは？」石井は訊いた。

『ラダーに異状がある。シックス、見てくれ』と森谷1尉。

『ラジャ』

６番機の辻２尉の声が返った。

石井は暗視ゴーグルをかけ、キャノピー越しに左後方の編隊を見た。二機が高度を下げている。

被弾した５番機と、それを気遣う辻２尉の６番機だ。

『燃料タンクと尾翼に被弾している』辻２尉が告げた。

『なってこった！』

「リードからファイブ、ＲＴＢ（帰投）を許可する。途中、荷物（爆弾）は投棄せよ」

『ラジャ！』

森谷１尉の声が聞こえた。

高度を低めていた一機が急旋回して、視界から消えた。

石井は無線マイクにいった。

「シックス、俺について来い」

『ラジャ』

辻２尉の声が返った。

『キロ（Ｋ地点）・ポイント接近。マイナス１マイル』

ＡＷＡＣＳが告げた。

電子回廊はＫ地点で、ゆるく北東に向いていた。

その先には北京防衛軍の対空ミサイル陣地に囲まれたターゲットの地下防空司令部がある。この調子では、ますます対空砲火が激しくなるだろう。

石井は覚悟をした。

『マザー・ブースからブルー・サンダー。キロ・ポイントで、針路を030に変更せよ！』

AWACSのオペレーターから通報が入った。

「ラジャ」石井は短く答えた。部下たちからも確認の応答が入る。

目標のK地点通過を知らせる電子音が甲高い音を上げた。

「マーク！」

石井は叫び、操縦桿を右に倒した。スロットルを開き、速度を上げる。

「針路030」

部下たちから了解を示す、マイクのボタンを押すカチカチという音が聞こえた。声で応答する余裕がない時には、ボタンを押して返答の代わりにするのだ。

F—2A支援戦闘機の機体は翼をバンクさせ、針路を030に変えた。対地速度が上がり、マッハ1を超えた。編隊は崩れずに、ターンを終えた。

高度8000。

『ターゲットまで、マイナス10』AWACSのオペレーターが告げる。

目標までの距離18キロメートルを切った。

前方の闇に高射砲弾が射ち上げられはじめた。対空砲火の出迎えがはじまった。兵器をモードチェックした。

GPS誘導装置を着けた500ポンドのMk80爆弾がいつでも投下できる。

「スプレッド（散開しろ）！　レッツ・ロックンロール（攻撃開始）！」

石井は怒鳴り、機首を下げ、ダイブをかけた。一気に高度を下げる。

高度3000。

暗視ゴーグルを通して見える対空陣地から、いっせいに対空砲火の火線が吹き上がる。前面に花火が上がったような光景だ。

スロットルを開き、速度を上げる。対空砲火の爆風が機体を揉みくしゃにする。操縦桿がぶるぶると振動する。

石井はHUDに映ったターゲットの位置までの距離を確認した。

ゼロ・マイナス5。

HUDにターゲット・ロックオンの表示が出た。アタックの表示が点滅している。

「アタック・ナウ！」

石井はさらに加速し、機首を上げて急上昇を開始し、同時に爆弾投射ボタンを押した。機体がふっと軽くなるのを感じた。

翼下や胴体のパイロンから、一度に二十四発の500ポンド爆弾が前方に投射された。爆弾の黒い群れがゆるい放物線を描いて目標に向かって飛翔する。

さらに急上昇に移る。背後を見ると、部下たちもつぎつぎに爆弾を投下していた。爆弾はF―2Aの飛行速度で放り出され、そのまま勢いに乗って慣性飛行しながら目標に向かって飛ぶのだ。途中、爆弾の赤外線誘導装置が働いて、飛行軌道を微調整し、正確にターゲットへ誘導する。

身軽になった機体には、空対空ミサイル二発が残っているだけだった。

爆弾を投擲し終わった部下たちのF―2A支援戦闘機が、つぎつぎに急上昇してくる。石井は周囲に警戒の目を走らせた。

『マザーグースからブルー・サンダー。敵編隊接近！　方位180、距離50マイル(80キロメートル)』

AWACSからの通報が入った。

「ラジャ、ブルー・サンダー、オールユニットへ。攻撃終了後、ジョインナップ(集合)せよ」

石井は旋回しながら高度を上げ、部下たちが集まるのを待った。

やがて、電子戦機のジャミングも終わり、電子回廊も閉鎖される。その前に帰投しなければならない。

地上の目標地点の暗がりに、何十何百もの閃光がきらめいた。５００ポンド爆弾が目標地点に到達し、爆発しはじめたのだ。

たちまち暗い市街地に火の手が吹き出した。暗視ゴーグルを通して、何十本もの黒煙が上がるのが見える。

『ブルー・サンダーへ。そちらにＵＳエアフォースが迎撃に向かった。作戦終了後は、すみやかに撤退せよ』

ＡＷＡＣＳのオペレーターが告げた。

「ラジャ」

石井は応答し、作戦機が全機揃うのを待った。

やがて、ラストの14番機が加わったのを確認してから、全機に命じた。

「リードからオール・ユニット。ＲＴＢ（帰投）、ＲＴＢ」

石井は操縦桿を倒し、機首を南東の渤海に向けた。

石井の機を先頭に、作戦を終了した第６飛行隊は再び編隊を組んで、その後を追った。

3

華南戦区　12月8日

深夜、一機のイリューシン輸送機が長沙《チャンジャー》を目指して飛行していた。護衛の戦闘機も付いていない。華南軍との休戦がまがりなりにも続いているので、護衛は必要ないというのが建前だが、護衛に回す戦闘機さえ、枯渇しているというのが現実だ。

機内の座席に座った賀堅参謀長は目を瞑り、じっと腕組みをしたまま、隣の席の劉小新に一言も話し掛けなかった。

賀堅参謀長がなにごとかを考えている時には、話し掛けない方がいい。

劉小新は賀堅参謀長の様子が気になって仕方がなかったが、あえて、賀堅大校をそっとしておいた。

イリューシン輸送機は無事、長沙飛行場の滑走路に着陸した。駐機場に入ってエンジンを止めても、賀堅参謀長は目を閉じたまま、まるで気付かないかのように、じっと考え込んでいた。

劉小新が「閣下、到着しました」と声をかけてはじめて、賀堅参謀長は目を開いた。長沙の華南派遣軍司令部に戻っても、賀堅参謀長は部屋に朝まで閉じこもったまま出てこなかった。

賀堅参謀長の寝室の窓は明け方近くになっても煌々と明るかった。時折、部屋の中を歩き回る靴音がドア越しに聞こえてきたので、おそらく賀堅参謀長は徹夜で考えごとをしていたのに違いない。

劉小新は賀堅参謀長の代わりに早朝から華南作戦本部に詰め、前線司令部から上がってくる戦況報告を受けていた。

依然として休戦協定は守られており、いずれの戦線も弾が一発も飛ばず、平穏な状態が続いていた。

ただ、北京総参謀部からは、東北戦線においては、満洲軍や日米軍の攻勢が激しく、北京軍の旗色が悪いという知らせが入っていた。

昨夜も北京首都防空司令部が日米空軍機によって爆撃され、かなりの損害が出たとのことだった。

午後になって、ようやく賀堅参謀長が華南派遣軍総司令員の杜由瑞上将、南京第1軍司令員の王蘇平中将と連れ立って作戦本部室に現われた。三人とも午前中、司令員室で何事かを相談していたらしく、いずれも眉間に皺を寄せていた。

　賀堅参謀長の頬や顎には不精髭がびっしりと生えていた。当番兵が熱い濡れタオルと、入れたてのお茶が入った茶碗を運んできて、賀堅参謀長の前に置いた。賀堅参謀長と杜総司令員、王司令員の三人はそれぞれ作戦本部室の椅子にどっかりと座った。

　賀堅参謀長が充血した赤い目を劉小新に向けた。

「参謀次長、話がある。座ってくれ」

　賀堅参謀長は口を開いた。杜総司令員と王司令員は腕組みをしてじっとしている。

　劉小新は緊張しながら賀堅参謀長が促した椅子に腰を下ろした。

「何でしょう?」

「参謀次長として、この戦争についての率直な意見を聞きたい」

「自分は軍人です。司令部から命令されたことを実行するのであって、自分の意見を述べる立場にありません」

　劉小新は淀みなく答えた。

「そう頑なにならんでもいい。参謀次長として、この戦争は勝つ戦争か、あるいは負ける戦争か、きみの正直な考えを聞きたいのだ」

　賀堅参謀長はじっと劉小新の目を覗き込んだ。その眼光は鋭く、曖昧な答は許さないという気合いを放っていた。杜総司令員と王司令員も劉小新を睨みつけている。

「劉上校、われわれはきみがどんな判断をしても、何も問わない。約束する。だから、正直にいってくれ」

賀堅参謀長は杜総司令員や王司令員と顔を見合わせながらいった。

劉小新は賀堅参謀長を信じてうなずいた。

「では、申し上げます。この戦争に勝つのは容易ではありません。このままでは負けるのではないかと思います」

劉小新は日頃から思っていることを口にした。杜総司令員はじろりと劉小新に鋭い目を向けた。

「理由は？」

「われわれの側に正義がないからです。正義のない戦争は必ず負ける。それが歴史の教訓だと思います」

「正義がない？　自国の権益を守るのは正義ではないのか？」

「その自国の権益を守るため、他民族やその土地を植民地として支配し収奪するのは正義なのでしょうか？」

杜総司令員はむっとした顔で劉小新を見た。

「植民地だと？　我が中国は帝国主義国家ではない。だから、植民地など持っていないではないか」

「チベットや新疆ウイグル自治区は植民地でなくて何だというのですか？　自分は新疆ウイグル自治区で、この目で我が人民解放軍がウィグル人たちを虐殺するのを見ました。

　あれはどんなに正当化しようとも、我が国に正義があるとは思えない。チベットでも、我が軍は力でチベット人を支配している。我が国が第三世界の民族独立運動を支持するなら、チベット人やウイグル人の民族自決権を認めるべきでしょう」

　杜総司令員は渋い顔をした。

「そうなったら、我が国はばらばらになってしまうではないか。中華人民共和国の統一を守ることが、まず先決だと思うが」

「いまのままでは、この戦争を勝つことはできないでしょう。正義もなければ、人民の支持もない。そんな戦争が勝つわけがない」

「そうか。きみも賀堅参謀長と同様、この戦争に負けるというのか」

　杜総司令員はため息をついた。

　賀堅参謀長がいった。

「司令員閣下、自分の考えだけではないのが、お分かりいただけましたかな」

「うむ。賀堅参謀長、貴官はいい部下を持っているな。劉上校、貴官の正直な意見を聞いて、感心した。よくいってくれた」

杜総司令員は劉に笑みを向けた。劉はなんと答えたらいいのか困り、黙っていた。

賀堅参謀長は劉を振り向いた。

「そこでだ、なんとかして、この局面を打開せねばならない。そのため、私は北京に行こうと思っている」

「秦上将にお会いになるのですか？　しかし、大丈夫ですか」

劉小新は賀堅参謀長が華南派遣軍に左遷された経緯を考えていった。わざわざ、現在の局面で賀堅参謀長が北京総参謀部に乗り込んだら、対立する楊世明大校たちが賀堅参謀長の失脚を策謀しないとも限らない。華南派遣軍にいる限り、劉小新たちが一致して、賀堅参謀長を守ることはできるが、遠い北京となるとそうもできない。

「大丈夫だ。劉上校、きみに頼みがある。これは重大な任務だ」

賀堅参謀長は杜総司令員や王司令員と顔を見合わせ、うなずきあった。

杜総司令員や王司令員も、すでに話を聞いている様子だった。

「北京から南京第1軍に転進命令が出た。北京軍区に主力の機甲師団や防空師団を回せといって来ている。私はいったん命令を拒否しようと思った。だが、杜総司令員や王司令員と話し合った結果、われわれは、その命令に従うことにした」

「なんですって？　停戦合意ができているとはいえ、いま南京第1軍主力を引き抜かれたら、福建戦線は保ちません」

「分かっている。そこで、きみを信頼し、極秘の重大な頼みがあるのだ」

「何でしょう？」

劉小新は身を乗り出した。

賀堅参謀長は杜総司令員や王司令員の顔を見、おもむろに話をはじめた。

4

フィリピン・ルソン海峡　12月8日　1400時

海自の対潜哨戒機P―1は低高度を維持して、ルソン海峡の青々とした海原の上空を哨戒飛行していた。海原には大小、数々の島影が見える。

湾とフィリピンのルソン島の間には、北から順にバシー海峡、ルソン海峡、バリンタン海峡が横たわっている。ルソン海峡はバタン諸島を中心とする海域にあたり、問題の「白鯨1号」が潜んでいる可能性のある海域は、そのバタン諸島の北側に位置していた。

南郷渉2等海佐はハンカチで汗を拭いながら、戦術航空士の前のディスプレイに見入った。

もう三日間も、P―1で対潜哨戒をしているが、ターゲットの「白鯨」こと094型原子力潜水艦「長征11号」にヒットすることなく、その所在はいまだ分からなかった。

『南郷2佐、そちらの様子はどうだい？』

僚機のP―1に同乗した石山2佐の声が聞こえた。

南郷はヘッドフォンに手をあてて答えた。

「だめだ。MADをやってみたが反応なしだ。そちらは？」

『こちらも反応なし。トムの方はどうかな？』

「これまで連絡がないところからすると、あちらも駄目なのだろう」

南郷はため息混じりにいった。

「白鯨1号」が潜んでいる可能性が高いポイントは、フィリピンのルソン海峡のバタン諸島海域、ルソン島のボリョ諸島海域、サマール島海域、そして、沖ノ鳥島海域の四ヶ所だった。

南郷たちは海自護衛艦隊司令部に沖ノ鳥島海域へ海自の対潜哨戒機P―1や護衛艦の急派を要請した。自分たちは沖ノ鳥島海域よりも浅海が多いフィリピンに飛んだ。

沖ノ鳥島海域は日本領なので捜索する上で問題はないが、残り三ヶ所はいずれもフイリピン領海なので、フィリピン政府の了解を取る必要がある。

そのため、日米政府の外交ルートを通して、それら三海域への海上自衛隊とアメリカ海軍の立ち入りを許可して貰った上での捜索だ。

捜索にはフィリピン海軍と台湾海軍も協力してくれることになった。フィリピン海軍と台湾海軍は、南シナ海とバシー海峡を重点的に捜索してくれている。

華南共和国海軍も捜索に協力してくれることになり、三海域に三ヶ国の駆逐艦や駆潜艇が出動している。

海上自衛隊は対潜哨戒機P—1二機を、米海軍は対潜哨戒機P—8一機を投入して、捜索をしていた。

南郷がバタン諸島海域を、石山2佐がボリョ諸島海域を、そしてトム・ボウディン海軍中佐が、サマール島海域を担当して捜索することになっていた。

「トム、そちらの様子はどうだい？」

南郷は無線でトム・ボウディン海軍中佐に呼び掛けた。

ボウディン海軍中佐は米海軍の対戦哨戒機P—8に搭乗して捜索の指揮を執っていた。

『ちょうど、連絡しようとしていたところだ。たったいま、NSAからモビー・ディックの無線交信を傍受したという通報が入った』

トム・ボウディン海軍中佐の声が弾んでいた。

「交信内容は？」

『北京からの暗号命令がモビー・ディックに出た。内容はまだ分からない。いま解読中だ。普通なら司令部からの命令を受信しても絶対に返事をしないモビー・ディックが、今回、再度命令確認の返電を打っている。おそらく、再確認しなければならないほど重要な命令が下ったのではないのか、というのがＮＳＡの分析だ』

「もしかして、核攻撃の命令が下ったか？」

南郷は息を呑んでいった。

『その可能性はある』

「モビー・ディックが返電を打った位置は分かるか？」

『このサマール島の東の海溝付近だ』

「そうか。サマール島海域にまだ白鯨が潜んでいるかもしれないってわけだな」

『そういうわけだ。大至急、そちらのＰ―１をこちらに回してくれ。この海域は非常に広い。我が軍の潜水艦もこの海域に急行している。日本の潜水艦は、この海域の近くにいないか？　いれば、連絡して、急行させてほしい』

「了解。大至急に潜水艦隊司令部に派遣を要請する。われわれも、出来る限り早く、そちらへ駆け付ける」

南郷は無線通話を終わると、すぐさま石山2佐に連絡を入れ、サマール島へ急行するように告げた。

南郷のいるバタン諸島からサマール島までの距離はおよそ1200キロメートル。石山が担当したボリョ諸島からだと約1000キロメートルで、まだサマール島に近い。だが、すぐに駆け付けるとしても、フィリピン軍の許可を取る必要があり、給油もしなければならない。南郷も石山も、どんなに早くサマール島に駆け付けるにせよ、明日以降のことになる。

「機長、この海域の捜索は中止だ。大至急、基地に戻ってくれ」

南郷は機長に要請した。

機長から『ラジャ』の応答があった。P―1は翼を傾け、ルソン島へ向けて旋回をはじめた。

5

北京総参謀部作戦本部室　12月9日　1400時

雪が北京市内に降っていた。

昼間だというのに、日は射さず、気温は下がっている。中南海周辺の交通は、軍によって遮断され、民間車両はほとんど通らない。軍事車両だけが動いている。

その地下の作戦本部室は騒然としていた。作戦参謀たちや連絡将校がしきりに行き来し、通信室からは前線と結ぶ電話の呼び出し音がひっきりなしに聞こえる。

「…巡航ミサイル、天津19地区弾薬庫に着弾。誘爆したとのことです！　被害甚大。消火は困難とのことです」

「…基地が猛爆を受けているとのことです。至急に迎撃されたし…」

「天津港が空爆されている。対空陣地は壊滅とのことです」

「空母『遼寧』がドック内で被弾。炎上したとのことです」

「…空母『大連』戦闘群、出撃するも、日米軍の攻撃を受けて交戦中。魚雷攻撃を受け、『大連』航行不能…」

連絡将校が入れ替り立ち替り、駆け付けては作戦本部に報告していた。要員が状況表示板に報告の内容を逐一書き込んでいく。

秦上将は渋い顔で状況表示板を睨んでいた。

傍らで楊大校と黄上校も部下の参謀たちにあれこれと檄を飛ばしながら、前線から上がってくる戦況報告に目を通していた。

天津から北京郊外にかけて、敵空軍の爆撃が連日集中され、対空陣地や防空施設、重要産業施設などが壊滅的な打撃を受けはじめていた。

昨日深夜には、天津・北京地区の南部防空司令部が日米空軍の猛爆撃を受け、ビルごと吹き飛ばされるという損害を受けたばかりだった。

敵はバンカー・バスター爆弾を使用したと見られ、地下防空司令部に詰めていた司令部要員約200人以上が死亡、または行方不明となり、多数の重傷者が出ていた。

バンカー・バスターは地下三十メートル以上深くまで潜ってから爆発する新型特殊爆弾だ。

昨日未明、北京郊外の西部に置いた首都防空司令部も巡航ミサイルの集中攻撃を受け、司令部ビルが倒壊、100人以上の要員が下敷きになって死亡し、通信施設やコンピュータ施設が破壊された。復旧のメドはついていない。

北京東部防空司令部は、七日前のアメリカ空軍の絨毯爆撃で壊滅しており、残るは北部防空司令部と、北京の東部や南部に設けた臨時の移動防空司令部が点在するだけになっている。

　その移動防空司令部は、雪の中、車両で点々と場所を変えて敵の攻撃を避けなければならず、固定司令部に比べ、司令部機能が非常に低く、敵の総攻撃が開始された場合に、どれほど役に立つものか分からなかった。

「黄上校、敵の動向は摑めたかね？」

　秦上将は状況表示板の敵の駒を見ながら、黄上校に訊いた。

「閣下、日米軍はやはり瀋陽第1軍と連携して、天津海岸に上陸作戦を行なうつもりだと思われます」

「うむ。貴官もそう思うか？」

「はい。これまでの敵の攻撃作戦の展開を見ていると、かつてのアメリカ軍などによる対イラク作戦と酷似しています」

「黄上校、イラク戦争は二十年も前の戦争ではないか。どこがどう似ているというのだ？」楊大校が脇から訊いた。

「まずハイテク爆撃によって、首都バグダッドの防衛能力を喪失させる。その後、軍を三方からバグダッドに侵攻させた。北方面に逃げ口を作っておく」

黄上校は状況表示板の上の敵の駒を指示棒で示した。

「見てください。北京へは、北と東から瀋陽軍が攻撃をかけ、南から日米軍が押し上げる。西方面だけは逃走路として開けて置く。

そこで、北、東、南の三方から侵攻して、首都北京を落とそうとしているものと思われます。おそらく、敵は我が首都に空挺を降ろすつもりでしょう。そして、空挺に首都中央部を占領させ、三方から侵攻する瀋陽軍や日米軍を待つ作戦だと思われます」

「面白い。空挺を降ろして貰おうじゃないか。我が軍の精鋭部隊が待ち受けて殲滅してやる。飛んで火に入る夏の虫だ。いまは夏ではないから、冬の虫か?」

楊大校は部下の参謀たちを笑わせようとした。誰も笑わなかった。

秦上将も楊大校の強気の発言を無視して、黄上校にいった。

「投入されるアメリカ軍と日本軍の兵力は、どのくらいと見積もっているのだ?」

黄上校の代わりに何炎空軍上校が答えた。

「おそらく日本空軍とアメリカ空軍、台湾空軍などを合わせ、少なくても８００機から１０００機はいると見ています」

「馬鹿な。まだ日米台の空軍に、そんなに残っているものか。我が空軍や防空部隊がかなりの数を撃墜しているはずだ」

楊大校が反論した。

何炎上校はうなずいた。

「もちろん、我が軍が撃墜している数は100機以上に上るでしょう。ですが、敵は航空機の増産を行い、搭乗員の養成にも力を入れています。我が方は工場を破壊され、飛行機を生産したくても生産できない状態にある。いいですかな。偵察衛星の写真によると、東シナ海や黄海にはアメリカ海軍の空母五隻が集結している。この米海軍の艦載機だけで400機以上になる。加えて、日本や韓国や遼寧省の基地に展開する日本空軍機、米空軍機や米海兵航空隊機は400機以上でしょう。これに台湾空軍100機を入れてごらんなさい。さらに、アメリカ本土から増援されるだろう機数が2000機以上と考えれば、軽く1000機は超えるでしょう」

楊大校が唸るようにいった。

「空母『大連』の航空戦力は、もう使えないのか？」

「大連は大破、浅瀬に座礁し、沈没はまぬがれましたが、甲板が傾き戦闘不能です。すべての航空機は、戦場離脱させました」

「残っている我が空軍の戦力は？」

「最終決戦用に温存してある殲撃戦闘機は、多く見ても、約80機です」

「旧式機ではあるが、殲撃8や殲撃7がまだ地方にたくさん残っていたと聞いたが」

楊大校が呻いた。

何炎上校は楊大校にうなずいた。

「たしかに、各軍区防空部隊や海軍航空隊に旧世代機がありました。それら殲撃7や殲撃8なども含めて、全部掻き集めましたが、その数は200機ほどにしかなりませんでした。パイロットも不足です。しかも一世代も二世代も前の旧式戦闘機では、いくら迎撃に出しても落とされるばかりで、少しも役に立たない」

秦上将は黄上校に向き直った。

「敵の地上部隊の戦力はどう見積もっているのか?」

「情報部によれば、在韓アメリカ軍の第二歩兵師団のほか、本土から第三歩兵師団も沖縄に上陸したとのことです。

これら第二、第三歩兵師団はともに、歩兵師団といっているが、内実はM1A1戦車やブラッドレー歩兵戦闘車、攻撃ヘリ・アパッチ・ロングボウなどを備えた重装備の機械化部隊です。

一個歩兵師団は三個旅団から編成され、兵員は1万5千人。とりわけに第三歩兵師団はこれまでいくつもの戦争を戦った歴戦の部隊で手強い。

この二個師団で約3万人、さらに、やはり歴戦の第1海兵遠征軍3万人が投入されるでしょう。これらを中核部隊にして、本土から重装備の第24歩兵師団など3万人程度が派遣されてくると見られます。

アメリカ軍だけで、ざっと9万人に上る兵力になる。この上に、アメリカの州兵が派遣されれば、たちまち20万以上を超える軍勢になりましょう。

　これに日本軍地上部隊が少なくても5万人、ほかに台湾軍や瀋陽軍も2万人。単純計算で、敵の上陸作戦には、ざっと27万人もの兵力が集結すると思われます。それに加えて、空挺部隊も降下する可能性がある」

「ふむ。我が方の兵力は、どうなっている?」

「現在、北京南部の天津地区には、北京軍第27軍の3個歩兵師団、緊急展開部隊である済南軍第54軍の2個自動車化師団、1個防空師団の約8万人がいるだけです。これに予備兵力として武装警察軍や公安部隊の2万人、民間防衛部隊の民兵がざっと20万人います。当面、この兵力で敵を迎え撃つことになりましょう」

「しかし、民間防衛部隊の民兵をあてにするのは考えものだな」

　秦上将は腕組みをして考え込んだ。楊大校が脇から口を挟んだ。

「その通りですな。黄上校、戦術予備として第63軍の3個師団を取ってあるではないか?」

「第63軍の3個師団は、北部防衛軍と東部防衛軍のための戦術予備として残してあります。それらをいま南部に回してしまうと、戦術予備軍がなくなり、北京防衛線が非常に脆弱になり危険です」

黄上校は答えた。

「では、戦略予備の蘭州軍第47軍があったろう？　あれは回せないか？」

「はい、たしかに陝西省の第47軍6個師団を戦略予備としてありますが、先の新疆ウイグル自治区へのアメリカ軍の侵攻に対して、甘粛省の第21軍を全軍出したので、第47軍6個師団のうち、2個師団は新疆ウイグル自治区へ、もう1個師団を内モンゴルや寧夏回族自治区の治安維持に移動させました。

いま第47軍は3個師団しか残っていない状態です。ですから、この3個師団を南部防衛軍に投入するのは賛成できません。

北部防衛軍や東部防衛軍が、戦術予備の第63軍を投入しても戦局を持ち直せないような場合に、第47軍3個師団を投入し、一挙に逆転したい。

第47軍3個師団は南部防衛軍にも、戦略予備として、万が一の場合のために残して置いた方が得策だと思われます」

楊大校は口をへの字にしながらいった。

「南京の第12軍も戦略予備だったのではないか？」

「はい。第12軍4個師団は、すでに投入済です」

「どこに？」

「第5機甲師団と2個歩兵師団を華南派遣軍に出し、残った2個師団が上海軍区や南京地区の反乱鎮圧にあたっています。その2個師団を引き抜くのは…」

　黄上校が報告した。

　楊大校は苛立った声を上げ、参謀幕僚たちを見回した。

「何か、いい考えはないか？」

「一つだけあります。華南派遣軍から急遽派遣軍の一部を北京に戻す。これしかないと思いますが」

　黄上校が秦上将にいった。

「うむ。自分もそう思う。ほかに手はない。楊大校、すでに私が手を打った」

「なんですと？」

　楊大校は秦上将に向き直った。

「こうなることを予想し、先日、私は賀堅参謀長に命じて、華南派遣軍に出した主力部隊を大至急北京に戻すようにいっておいた」

「しかし、華南派遣軍から、いま部隊を抜いたら、華南戦線ががたがたになるのでは？」

　秦上将は頭を振った。

「それは十分読んだ上のことだ。実は賀堅参謀長を通し、私は広東軍や台湾に和平交渉を申し入れてある」

「なんですって！　どうしてまた…」

黄上校は驚いた声をあげた。楊大校は汪石大校と顔を見合わせた。

「ただし、あくまで時間稼ぎのためだ。和平交渉をしている間、華南戦線を現状のままにして、双方軍を止めて休戦しようという申し入れだ。内容は、どうせ、台湾や華南共和国の分離独立を認めろということになるから、呑めるものではない。

だが、その交渉をしている間は、戦線は安泰な状態になる。その間に前線への補給を行なうとともに、華南に派遣してある南京第1軍主力の2個歩兵師団と第1機甲師団、防空師団、砲兵師団を急遽北京防衛に振り向けるように命じた。いまごろは、その先遣隊が輸送機で、済南空港に到着している頃だ」

「第1機甲師団と2個歩兵師団、砲兵師団を防空師団とともに、華南戦線から引き抜くのですか。よくもまあ、賀堅参謀長が同意しましたね」

黄上校も驚いて秦上将を見なおした。

「もちろん、当初、賀堅参謀長も反対した。しかし、無理を承知で出した命令だ。賀堅参謀長が急遽こちらに来て、今後の作戦について、わしらと協議したいといっている」

「賀堅参謀長がこちらに来るですと?」

楊大校が目を細め、ちらりと汪石大校を見た。汪石大校は楊大校に意味ありげに、うなずき返した。

「うむ。今日明日にも賀堅参謀長は総参謀部に出頭するだろう」

「南京軍第1軍が駆け付けてくれるとなると心強い」

第1軍主力の兵力はおよそ4万人だが、99式戦車で編成された第1機甲師団、対空誘導弾を大量に備えた防空師団、150ミリ榴弾砲をたくさん保有する砲兵師団が随伴する緊急展開部隊である。

黄上校はほっとした表情になった。楊大校は渋い顔でいった。

「華南から天津までは距離があるから、第1軍が駆け付けてくるには、数日から1週間かかるかもしれない。なにしろ鉄道はずたずたに切られているし、主要道路の橋が各所で落とされているからな」

秦上将はうなずいた。

「まだ敵が上陸するまで、時間はあるだろう。南京第1軍は天津まで来なくてもいい。済南付近に待機し、敵が上陸するのを待つ。敵が上陸後、北京を目指して進撃を開始したら、敵の背後を衝く。南と北から挟み撃ちにして殲滅する。その作戦で行こう。楊大校、さっそく、作戦計画を策定してくれ」

「分かりました。ですが、南京第1軍を前線から抜いたら、敵もチャンスとばかりに和平交渉を無視して攻撃を仕掛けてきませんかね。その点は大丈夫なのでしょうな？」

楊大校はなおも食い下がった。秦上将はうなずいた。

「攻撃して来たら、その時はその時だ。どうせ和平交渉は実らない。単なる時間稼ぎだ。和平交渉を行なう間、現在の戦線を維持し、相互に攻撃しないという約束を取り付けてある。相手がいつ約束を破るか分からないが、その間、我が軍は補給や移動が可能というわけだ」

「時間稼ぎのためだけの和平交渉ですか？」汪石大校は頭を振った。

「台湾や華南共和国の独立を認めろとか、チベットや新疆ウィグル自治区の分離独立を認めろといった条件を呑めるわけがないではないかね。だが、こちらにも和平交渉の余地があるとシグナルを送って置けば、敵もしゃにむに攻撃することに迷いが生じるはずだからな」

「それはそうかもしれませんが」

楊大校は半信半疑の顔で黙った。汪石大校は不満げな顔をした。

「汪大校、何か、いいたいことでもあるのかね」

秦上将が問い掛けた。汪石大校が何かいいかけた時、通信室から靴音を立てて、連絡将校が慌ただしく駆け込んで来た。

「作戦本部長、北京北部防衛軍と東部防衛軍の司令部から緊急報告です」

「どうした？」秦上将が聞いた。

「北部防衛軍司令部からの報告では、大規模な空爆の後、第三戦線の敵地上部隊が前進を開始したとのことです。

そのため、承徳に引いた防衛線が各所で突破され、味方は後退を余儀なくされ、1350時、承徳市は陥落したとのことです。敵は凍結したロワン河を渡り、興隆に向かっています。我が軍もいったん興隆に第三戦線を引き下げ、態勢を立て直したいとのことです」

「承徳が敵の手に落ちた？　なんということだ。一度は敵をロワン河の向こう側に押し返したというのに、また挽回されたのか」

楊大校は苛立った声を上げた。秦上将も憮然とした顔で、黄上校に訊いた。

「承徳に攻め込んだ敵は瀋陽軍の、たしか第4軍だったな」

「はい。瀋陽軍第4軍、吉林省軍区の旧第16軍です」

黄上校が答えた。楊大校が訝った。

「瀋陽第4軍の規模は？」

「情報部によると、敵第4軍は機械化師団1個、自動車化師団1個、軽歩兵師団2個の4個師団と見られます」

「なんだ4個師団か。同じ兵力なのに、65軍はだらしがない」

楊大校が不満そうにいった。承徳の防衛線には第65軍4個師団が展開していた。

「敵には日米空軍の強力な航空支援があるのに対して、我が軍には航空支援がない。

非常に不利なのです」

黄上校が説明した。

「そんなことは分かっている。しかし、気力で敵を圧倒せずに、はじめから航空支援がなければ勝てないと負け腰になっているのが気に入らないんだ」

楊大校は怒鳴り返した。

黄上校は黙った。

連絡将校が報告を続けた。

「第二戦線も敵に破られました。第24軍主力はロワン河西岸から、さらに後方の興隆付近まで後退しました。こちらも連日連夜の大規模な空爆で、かなり損害が出ており、戦力が半減したとのことです。第24軍司令部からも増援要請が来ています」

楊大校は大声で訊いた。

「第二戦線の敵は？」

「瀋陽軍第2軍、旧第40軍です」

「黄上校、旧第40軍の規模は、どうなっていた？」

「機甲旅団1個、機械化師団1個、歩兵師団3個、砲兵師団1個です。新規部隊の追加があるかもしれませんが」

「信じらん。24軍でも敵を止められないのか。そんなに瀋陽軍は強力な部隊なのか？」

第24軍は機甲師団1個、自動車化歩兵師団1個、軽歩兵師団1個、砲兵師団1個、防空師団1個からなる拳闘部隊だった。本来なら十分に敵を撃破できる戦力のはずだった。

「これも空軍の支援がないので…」

「馬鹿な。そうはいわせんぞ。24軍には防空師団があるではないか。敵空軍も、対空誘導弾で迎え撃つ部隊にそう簡単には手が出せないだろうが」

「敵は事前に電子戦をしかけて来たのです。それで索敵レーダーやレーダー・ホーミングの誘導弾がほとんど役に立たず、対空機関砲や対空機関銃で応戦するだけになったとのことです」

「なんということか。電子戦でも我が軍は立ち後れているというわけだな」

楊大校は苦々しい顔で唸った。

秦上将は状況表示板を見ながら黄上校に訊いた。

「第二戦線、第三戦線の敵の狙いは？」

「興隆を攻略するつもりです。敵第2軍が北東から興隆に攻め込み、敵第4軍は東から興隆を攻める。もし、興隆の防衛線が破られれば、その後は一気に北京を目指して侵攻して来ると見ています」

黄上校が作戦地図上に指示棒で敵の侵攻ルートを描いた。

「では、なんとしても興隆戦線で敵を食い止める必要があるな」

「はい。興隆で第24軍と第三戦線の第65軍が合流し、態勢を立て直せば、十分に敵の進撃を食い止めることができると思います」

「うむ。そうしてくれ。期待しているぞ」

連絡将校がなおも報告した。

「第一戦線の東部防衛軍も、いま猛烈な空爆を受けているということです。敵瀋陽軍は機甲部隊を先頭に全線で攻撃を開始したとのことです」

第一戦線では最精強部隊である第38軍、第26軍と第28軍が奮戦して、これまで敵の進撃を食い止めてきた。

「敵軍の現在地は？」

「敵の主力は豊潤郊外付近に進出しているようです」

豊潤は北京の西150キロメートルにある小都市だ。

「なんだと？　敵は唐山を迂回するつもりなのか？」秦上将は首を捻った。

唐山には最精強部隊の第38軍の第3機甲師団と2個歩兵師団が待機していた。豊潤付近に布陣しているのは、第26軍の第9独立機甲旅団と2個歩兵師団だ。海岸部には第28軍の3個師団が布陣している。

これまでの観測では、敵は唐山を落とし、北京と天津間に進出して、天津海岸に上陸する日米部隊を側面援助すると見ていた。

敵も一度は唐山の手前40キロメートル付近まで迫ったが、第38軍が猛反撃を行い、敵をロワン河東岸に押し返した。敵は背後の興城に上陸した味方の攻撃第3軍と、第38軍の挟み撃ちされるのを嫌い、いったん撤退したのだった。

「おそらく敵は唐山に陣取る第38軍との対決を避けて、攻撃目標を豊潤に変えたのだと思います。豊潤を落とせば、第一戦線に突破口を開けることができ、豊潤から一気に北京へ攻め込むルートが開ける。一方、唐山にいる我が第38軍の背後にも回り込める」

楊大校が脇から口を出した。

「敵の後ろに上陸した味方の瀋陽攻撃第3軍は、どうした？　味方の第3軍が敵の背後を衝くことになっていたはずだが」

第67軍の第22機械化師団と2個師団からなる第3軍は興城に上陸した後、瀋陽攻撃軍と別れて西進し、敵の補給路を断つと共に、背後から攻撃する役割を担っていた。

黄上校は重い口を開いた。

「味方の第3軍は、いったんは山海関まで攻め上がったものの、これも日米空軍からの猛烈な空爆を受け、さらに矛先を変えた敵からも反撃され、第22機械化師団は三分の二の戦車や装甲車を失うという壊滅的打撃を受けました。2個の歩兵師団も兵員が半数以下になるという損害を受けています。残存部隊は錦西にまで後退し、第1軍に合流すべく移動中とのことです」

楊大校は溜め息をついた。

「この状態で、天津軍区に敵が上陸して来たら、えらいことになるな」

秦上将は沈鬱な空気を振り払うように元気な声を張り上げた。

「よし、反撃作戦だ。

では、戦術予備の第63軍の3個師団を興隆の北部防衛軍に投入したまえ。それから、唐山の第38軍を豊潤に振り向けろ。唐山には海岸側にいる第28軍を回して敵に備えるんだ。断固として敵を押し返せ。黄上校、戦略予備の第47軍の3個師団を北京に移動させるように命じたまえ。戦況次第では、第47軍を北部防衛軍か東部防衛軍に直ちに投入しよう」

「了解しました。すぐに前線司令部に命令を出します」

黄上校は部下の参謀幕僚たちに、大声で各軍司令部に命令を伝達するように指示した。参謀幕僚たちはそれぞれの受け持ち部隊への連絡に走った。

秦上将は状況表示板を睨みながら、いよいよ追い詰められるのを感じていた。このあたりで起死回生の戦術を立てなければならない、と秦上将は思った。

6

東北第一戦線　河北省豊潤郊外　12月10日　0200時

深夜だった。雪は降り止んでいた。空には、冬特有の分厚い雪雲が拡がっていた。真っ暗な空を日本空軍のF―2支援攻撃機が轟音を立てて飛び抜けて行った。後からジェット機特有の爆音が衝撃波となって地上を襲った。

F―2は機首を上げて急上昇をすると、後方にいくつものフレアを叩きだし、ミサイルの追尾をさけていた。

満洲共和国軍の呉僕上尉はヘルメットを押さえながら、歩兵戦闘車の車長用キューポラに身を隠した。

続け様に爆発音が轟き、空気をびりびりと震わせた。対岸に閃光がひらめき、赤々と炎が噴き上がる。

満洲軍第1軍第10機械化歩兵師団は豊潤の手前2キロメートルにまで迫っていた。呉上尉が率いる満洲軍第2機械化中隊は、本隊の第2大隊の左翼を担って、川岸に散開していた。

向こう岸には北京軍第24軍の第8機甲師団が布陣していた。川沿いの農地に90式改戦車が何十両もハルダウンしていたが、味方の空自支援攻撃機はその一輛一輛をピンポイントで爆破していた。

呉上尉は、いまさらながらに誘導爆弾の恐ろしさを感じた。

「エンジン始動！」

呉上尉は散開した部下に無線で告げた。

また日本のF—2支援攻撃機が超低空で頭上を飛び抜けた。対岸に爆弾が炸裂していく。ジェットの爆音が耳を聾して響いた。

敵陣から、時折、上空のF—2支援攻撃機に対空ミサイルが飛び、機体を追尾しようとするが、打ち出されるフレアに吸い込まれて爆発していく。

『前進しろ！　渡河用意』

大隊本部からの命令が出た。

「前進しろ！　渡河用意」

呉上尉は叫びながら、キューポラから頭を出し、前方に手を下ろした。周辺の潅木林に潜んでいた歩兵戦闘車ＷＺ５５１や装甲兵員輸送車が身震いし、姿を現わした。

呉上尉の乗車した歩兵戦闘車ＷＺ５５１は轟音を上げ、先頭を切って走りだした。

岸辺には一面葦が生えている。歩兵戦闘車は葦の河原に飛び込み、いったん停車した。後方から第2中隊の歩兵戦闘車や装甲兵員輸送車が葦の河原に続々と走り込んでくる。

大隊本部の方角から、するすると赤い炎の信号弾が上がった。

またもF―2支援攻撃機が頭上をかすめるように飛び、対岸の敵陣に爆弾を浴びせて飛び去った。

対岸の敵陣を窺った。猛烈な爆発が対岸の敵陣を覆っていた。もうもうとした黒煙が随所から噴き上がっている。

先刻まで戦車砲を発射していた90式戦車の砲塔が粉砕され、黒煙を出していた。双眼鏡で覗いた。何台もの装甲車や戦車が擱座し、炎上していた。搭載している砲弾がつぎつぎに誘爆していた。

「渡河！　渡河開始！」

呉上尉は叫んだ。歩兵戦闘車は水しぶきを上げながら、氷交じりの川面に突っ込んでいった。車体の前部が水を被った。呉上尉のいるキューポラにまで水が押し寄せる。いったん沈んだ車体が深みに入って浮き上がった。後部のスクリューが回転をはじめ、歩兵戦闘車はゆるゆると水上を浮航を開始する。速力は人が歩くよりも遅い。

いきなり対岸から機銃弾が渡河をする歩兵戦闘車や装甲兵員輸送車に襲いかかった。

一連射が呉上尉の頬をかすめ飛び、装甲板を削った。呉上尉はキューポラに潜り込んだ。

対岸の土嚢陣地から対戦車砲が発射され、渡河途中の歩兵戦闘車に命中し、爆発した。水柱が噴き上がった。歩兵戦闘車は河の深みに沈んでいく。後部の扉が開き、慌てて搭乗員や兵員が脱出していた。

「射て！」

呉上尉は機関砲の砲塔の砲手に命じた。25ミリ機関砲が轟音を上げて吠えた。曳光弾が対岸の暗闇に弧を描いて吸い込まれて行く。応戦がはじまった。装甲板を引っきりなしに弾丸が叩いて弾けた。

呉上尉は急いでハッチを閉めキューポラから車内に降りた。歩兵戦闘車WZ551の車内には、八人の完全武装の隊員たちが緊張した面持ちで呉上尉の様子を見ていた。

「まもなく着岸する。着岸したら、全員、下車戦闘開始だ」

「ようし、野郎ども！　敵は手強いぞ。撃って撃って撃ちまくれ」

陳中士（軍曹）が分隊員たちに気合いを入れた。隊員たちは、中士に大声で返答をした。尉は手摺りに摑まり、銃眼から真っ暗な外を眺めた。あれほど対岸に爆撃をかけたというのに、激しい応射の閃光が見える。

「着岸します！」運転手の兵長が叫んだ。

車体が何かに乗り上げ、がくんと停止した。スクリュー音が止まった。替わって動輪が動きだした。

歩兵戦闘車は車体を斜めにして対岸の堤を駆け上った。

呉上尉はまたキューポラのハッチを開けた。キューポラから身を乗り出した。つぎつぎに渡河を終わった歩兵戦闘車や装甲兵員輸送車が対岸の堤をよじ登り、土嚢陣地を踏みにじって飛び込んでいく。

「下車戦闘用意！」

呉上尉は怒鳴った。歩兵戦闘車は急停車した。

上空を過って迫撃砲弾がシュルシュルと音を立てながら、前方に着弾しはじめた。目の前に拡がった暗い市街地に爆発が起こっている。

するすると照明弾が撃ち上げられた。マグネシウムの炎が激しく燃え、青白い光を地上に撒き散らす。瓦礫となった市街地が浮かび上がった。周囲に擱座した90式戦車や歩兵戦闘車が点在し、黒煙を上げていた。

「下車、下車」

呉上尉は突撃銃を手にキューポラから這い出し、車外に飛び降りた。後部の扉が開き、分隊員たちが走り出て、周囲に散開した。

味方の歩兵戦闘車や装甲兵員輸送車がつぎつぎに止まり、背後の出入口から兵員たちを吐き出している。

「隊長！　偵察隊からです」

無線通信兵が呉上尉の許に走り寄った。呉上尉は携帯無線機を耳にあてた。

『前方に戦車が潜んでいます！』

「どこだ？」

呉上尉は歩兵戦闘車の陰から前方の暗がりを窺った。あれほど空爆したというのに、まだ戦車が隠れているというのか？　照明弾に照らされた真っ白な雪原が拡がっている。戦車らしい影は見当たらない。

『中隊本部の十時の方角。タンクが動きだします』

偵察隊員の声が響いた。照明弾がだんだんと下降し、明るさが弱くなって来た。

呉上尉は双眼鏡で十時の方角に目をやった。突然、瓦礫の家の土壁がどっと崩れ、125ミリ砲が現われた。同時に猛然と火を噴いた。砲弾は目の前の歩兵戦闘車に命中し、爆発して車体をばらばらに吹き飛ばした。

90式戦車が走り出てきた。ついで隣接する焼けた林の中からも、立ち木を薙ぎ倒して、90式戦車が何輛も現われた。

「応戦しろ！　援護するんだ！　対戦車兵！」

呉上尉はヘルメットを手で押さえながら、対戦車兵を呼んだ。陳中士が隊員に「ぐずぐずするな！」と怒鳴った。

戦車砲が火を噴き、つぎつぎに歩兵戦闘車や装甲兵員輸送車が粉砕されていく。

「後退！　後退しろ！」

呉上尉は無線機に叫んだ。

渡河したばかりの歩兵戦闘車や装甲兵員輸送車は兵員を下ろす間もなく、後退を開始した。

「対戦車兵！」

敵の戦車は容赦なく125ミリ砲弾を浴びせ掛けた。

たちまちのうちに、七、八輛の歩兵戦闘車や装甲兵員輸送車が爆発して擱座した。

その中には、まだ兵員を乗せたままの装甲兵員輸送車もある。

対戦車兵が対戦車ロケット弾RPG―7のランチャーを組み立てると、膝立て姿勢になってランチャーを肩に担いだ。

「よく狙えよ」

陳中士が怒鳴った。ランチャーにロケット弾を装塡する。

戦車の砲塔の機関銃が唸りを上げた。一連射が襲ってきた。対戦車兵のいる窪みにも機関銃弾が降り掛かった。たちまち、対戦車兵と陳中士が薙ぎ倒されて、地べたに転がった。

「中士！」

呉上尉は転がった陳中士に駆け寄った。

「隊長、危ない」

近くにいた下士（伍長）が飛び出し、呉上尉に体当たりをして転がった。転がった呉上尉と伍長の上を機銃弾が飛んだ。

下士は匍匐前進で陳中士の傍らににじり寄った。呉上尉も匍匐して、倒れた対戦車兵の傍に這い寄った。対戦車兵は頭部を撃たれて即死していたが、陳中士は胸部を撃たれたものの、まだ生きていた。

「衛生兵！　衛生兵！」呉上尉は後方に怒鳴った。

下士は座り込み、対戦車ロケット弾ＲＰＧ—７を肩に担いだ。呉上尉が下士の軀を支えた。衛生兵が駆け込み、陳中士の胸に止血帯を巻き付けた。衛生兵は陳中士の軀を後方に引きずって行く。

「よく狙え！」

呉上尉は下士のヘルメットをこつんと叩いた。

瓦礫の壁を破った戦車が猛然と迫ってくる。戦車の砲塔がぐるりと回り、１２５ミリ砲が呉上尉たちに向いた。

「撃て！」

呉上尉は怒鳴った。途端にRPG—7は轟音を発し、白煙を上げて噴出して行った。ロケット弾は弧を描いて飛翔し、戦車の前部に吸い込まれた。だが、前部の傾斜のついた装甲板に跳ね返り、戦車の後方に飛んで消えた。

「畜生！」

下士はランチャーを投げ出した。

呉上尉は下士の軀を摑み、窪みに飛び込んだ。間一髪、125ミリ砲が轟音を立てた。

砲弾は呉上尉たちがいた場所に命中し、土砂を舞い上げた。

90式戦車は猛然と呉上尉たちのいる窪みに突進して来た。呉上尉たちをキャタピラで蹂躙するつもりなのだ。

「撃て撃て！」

呉上尉はがなり、突撃銃を戦車に向けて射った。下士は手投げ弾を放った。周囲の部下たちが一斉射撃をした。戦車は弾丸をものともせず、突進してくる。戦車の砲塔の機関銃が吠えた。呉上尉と下士は窪みに身を伏せて銃弾を避けた。戦車はキャタピラ音をたてて突っ込んでくる。呉上尉は突撃銃を向けたが、弾切れで弾丸は出なかった。

「畜生」呉上尉は突撃銃を投げ捨てた。自動拳銃を抜いて戦車に向けた。引き金を引き、全弾を戦車に射った。

90式戦車は勝ち誇ったように呉上尉の前に走り込んだ。呉上尉はブローバックした自動拳銃を投げ捨てた。死を覚悟をした。

突然、90式戦車は急停止した。いきなり戦車は狂ったように後退をはじめた。

呉上尉は呆気に取られて戦車の後退する様子を見ていた。

後方から閃光が走った。白煙の尾を曳いた弾体がまっしぐらに戦車に飛び、戦車の砲塔に命中した。

眩い閃光が迸り、戦車は爆発して止まった。車体から黒煙が吹き出し、誘爆した。

「隊長！　味方の攻撃ヘリが」

下士が後方の上空を指差した。いつの間にか、後方の河の上空に、攻撃ヘリの黒い影が何機も現われた。

攻撃ヘリの機体から、するすると対戦車ミサイルが飛び出し、つぎつぎに敵の戦車を破壊していく。

敵の戦車は大混乱に陥り、右に左に逃げ惑っていた。動き回る戦車に向かって赤いレーザー・ビームが伸び、誘導弾がピンポイントで命中していく。

味方の隊員たちは気を取り直し、逃げる戦車に対戦車ロケット弾を浴びせはじめた。

「歩兵戦闘車！　前進せよ」

呉上尉は手を振り、河岸まで後退していた歩兵戦闘車や装甲兵員輸送車に前進を再開するよう命令した。歩兵戦闘車は息を吹き返したように元気を取り戻し、機関銃を射ちはじめた。

「乗車！ 乗車せよ。敵陣に突撃するぞ！」

呉上尉は近付いてきた歩兵戦闘車の後部扉を開け、分隊員たちを手招きした。隊員たちは歩兵戦闘車の内部に飛び込むように乗り込んだ。

呉上尉も歩兵戦闘車に乗り込んで、後部扉を閉めた。歩兵戦闘車はエンジン音を轟かせて前進を開始した。

7

陸自第6対戦車ヘリコプター隊の攻撃ヘリコプターAH—64Dアパッチ・ロングボウ十二機は満洲軍から支援攻撃要請を受け、攻撃に参加していた。

『2時の方角、タンク！』

香川1等陸尉の声に落合直彦3等陸佐は操縦桿を押さえたままテールを振って、2時の方角に機首を向けた。

「撃て」落合3佐は短く命じた。

『発射！』

香川1尉の声がヘッドフォンに響いた。機体の下からAGM－114ヘルファイアがするすると闇に伸びた。

暗視ゴーグルの中にうごめく戦車にミサイルが命中して白い閃光を放った。爆発音が何度も轟く。

味方のアパッチ・ロングボウは夜陰に隠れ、河の向こう岸に散開していた北京軍戦車隊を狙い撃ちしていた。

90式戦車は突然のアパッチ・ロングボウの出現に、慌てふためき、掩体壕を求めて、地上を右往左往している。

時折、砲塔を回して125ミリ滑腔砲を発射するが、アパッチ・ロングボウは照準をつけられないように、上下左右自在に飛び回っているので、砲弾はほとんど命中せずに外れてあらぬ方角に飛び去った。

敵陣から自動小銃や機関銃が発射され、何機かが被弾したが、撃墜されるほどのダメージは受けず機関砲を応射したり、ロケット弾を撃ち込み、沈黙させる。

『発射！』

香川1尉の声が響き、またもヘルファイアが夜陰に飛翔した。ミサイルは正確に敵戦車の横腹に命中し、またも爆発を起こした。

『本部からキラー・ビーズへ』

前線指揮所からの呼び掛けだった。落合3佐は無線で応えた。

「キラー・ビーズ・リーダー。どうぞ」

『状況を報告せよ！』

陸自対戦車ヘリコプター大隊司令の岡部1等陸佐の声が聞こえた。

「了解。敵タンク三十輛以上を撃破した。なお、残敵を追撃中」

落合3佐はアパッチ・ロングボウを操り、やや上空に昇って、暗い地上に炎上する敵タンクを数えた。

三十輛といったが、もっと破壊しているかもしれない。

あまり高く上昇すると、対空ミサイルの餌食になりかねない。

再び高度を下げ、河の水面近くまで降りてホバリングをする。風にあおられた川面が波立った。土手に機体が隠れ、敵から狙われにくくなる。

『損害は？』

「いまのところ、損害報告はなし」

落合3佐は左右に一定の間隔を開けてホバリングしている僚機に目をやった。

昼間ならば自在に飛んで攻撃できるが、夜は編隊を崩して飛び回るのは、味方同士で衝突する危険があるのでむつかしい。

『了解。米軍偵察機から通報が入った。新たな敵機甲部隊が第一戦線に向かっているのを発見した。空自と米空軍が爆撃攻撃に向かった。こちらからは、ブラック・エンジェルが向かった。キラー・ビーズは、そのまま迎撃に向かう燃料と弾薬があるか？』

ブラック・エンジェルはハリー大佐率いるアメリカ陸軍の独立空中機動騎兵隊AH—64アパッチ・ロングボウ攻撃ヘリ隊のことだ。

このところ、ブラック・エンジェル隊と陸自第6対戦車攻撃ヘリ隊が交互に前線に出て、支援攻撃を行なっている。

落合3佐は燃料計をチェックした。燃料は半分残っている。敵の位置が近かったら攻撃は可能だった。

兵装パネルをチェックした。対戦車ミサイル・ヘルファイアも残りは二発。ロケット弾ポッドには残弾なしだった。20ミリ・バルカン砲弾は112発。

落合3佐は舌打ちした。

「敵機甲部隊の位置情報がほしい」

『了解。直ちにデータを送信する』

「了解」

落合3佐は応答し、コンピューターのディスプレイに目をやった。大隊本部と攻撃ヘリ部隊の指揮官の間はデータ・リンクがなされている。

大隊本部に入った敵情情報は、すべて前線にいる指揮官の手元にリアルタイムで表示される。

『目標の敵部隊は南南東へ約20キロメートルにあり、北上している。目標は北京軍第38軍第2機甲師団と随伴部隊。99式戦車約３００輛、90式改戦車約２００輛、歩兵戦闘車、兵員輸送車３００輛。砲兵部隊と対空ミサイル防空部隊が随伴している模様。…』

20キロメートルなら、ひと飛びの距離だ。

タンクが合計５００輛以上か。防空部隊に守られているとすれば、かなり手強い相手だ。３佐は舌なめずりした。

『敵部隊は現在豊潤に展開する敵第26軍への増援部隊と見られる。…』

落合３佐はＧＰＳに座標の数字を入力した。

無線機のチャンネルを８に変更した。部隊内の緊急通信チャンネルだ。

「キラー・ビーズ・リーダーから各分隊へ。損害報告せよ。合わせて燃料チェック、残弾チェック」

各分隊長から「了解」の応答があった。落合３佐はもう一度、燃料計と兵装パネルをチェックした。

敵までの距離20キロメートルならば、攻撃をする燃料はある。

しかし、対戦車ミサイル・ヘルファイアが二発では少々心許ない。ヘルファイアを射ち尽くしたら、20ミリ・バルカン砲で戦うしかない。

だが、20ミリ・機関砲弾は歩兵戦闘車や装甲兵員輸送車なら破壊できるが、90式戦車や99式戦車の装甲板には歯が立たない。

『隊長、いったん帰投しましょう。戦うにはミサイルが少ない』

香川1尉の声が返った。

「よし、分かった」落合3佐もいったん帰投しようと決めた。

第2分隊長の阿部1尉からの報告が入った。

『2分隊からリーダーへ。6番機、燃料タンクに被弾。燃料が漏れている。戦場離脱を許可されたし』

「了解。6番機、帰投を許可する。護衛をつけて帰投せよ」

『3分隊からリーダーへ。9番機、被弾しエンジン不調。戦場離脱して先に帰投する』

第3分隊長の清水1尉の声が返った。

「了解。9番機、離脱を許可する。護衛をつけて帰投せよ。リーダーから全隊へ。燃料、弾薬補給のため、いったん前進基地に帰投する。その前に、もう一度、戦場を捜索し、目標を叩いてから、全機帰投する」

各分隊から「了解」の応答があった。落合3佐は操縦桿を引き、再び上昇をはじめた。香川1尉が赤外線感知装置を作動させ、戦場にまだ残っている戦車を捜した。

8

東北第二戦線　興隆近郊　12月10日　0400時

雪が大地を覆っていた。

満洲軍第2軍第7機械化歩兵師団偵察中隊は興隆に至る幹線道路を前進していた。

雪に覆われた渓谷の谷底を鉄路と幹線道路が走っていた。いずれも北京へ至る道だ。北京まで一五〇キロメートル。

何としても俺たちが北京市内一番乗りを果たしてやる。

偵察中隊を率いる隊長の成振甫中尉は心に誓っていた。それが北京政府軍に殺された戦友たちへの、せめてもの手向けだった。

キューポラから身を乗り出し、暗視スコープで前方の暗闇を探った。

先刻まで続いていた味方空軍機による爆撃はようやく終わった。

渓谷に静けさが戻っていた。幹線道路の道端には、ところどころに擱座炎上した敵の装甲兵員輸送車や90式戦車が炎を上げている。死体を焼く嫌な臭いがする。何度嗅いでも慣れない臭気だ。

敵の姿は見当たらない。暗視スコープを下げた。

「敵機！　二時上空」

機関銃座の兵長が怒鳴った。兵長は暗視ゴーグルを覗きながら、前方の上空を指差した。

成中尉は慌てて暗視スコープを掛け直して虚空に目をやった。

円盤状の物体がホバリングしている。

「ドローン無人偵察機！」

いきなり機関銃が吠えた。曳光弾が暗夜に伸びた。

ひらりとドローン無人偵察機は銃撃を避けた。一気にドローン無人偵察機は急上昇し、虚空に消えた。

逃げられたか。敵に見られたのに違いない。

「前進！」

成中尉は部下の運転手に前進の命令を下した。

偵察歩兵戦闘車ＷＺ５５１はエンジンの唸りを上げて、また前進を開始した。道路を塞ぐようにして横転している装甲兵員輸送車を避けて、真っ暗な闇に突き進む。

後から歩兵戦闘車四輌が速度を抑えて続いてくる。いずれの歩兵戦闘車も、いつでも反撃ができるように、全周警戒にあたっている。

成中尉は車上で暗視スコープで前方を窺った。25ミリ機関砲の一人用砲塔には緊張した面持ちの下士がはりついていた。

「速度を上げろ！」

渓流を挟んで左手の斜面にちらりと何かが動いたのを感じた。

待ち伏せ？

嫌な予感が頭を過った。成中尉は思わず叫ぶように命じた。がくんとショックがあり、偵察歩兵戦闘車は速度を上げた。

成中尉は後続の歩兵戦闘車にぐるぐると手を回して、速度を上げるように指示した。

「左手の斜面に警戒しろ！」

成中尉は砲手に叫んだ。

機関砲の砲塔が左手に向いた。速度を上げた歩兵戦闘車は、道路上の障害物を避けて、左右に車体を振った。

その度に車内に待機した完全武装の偵察隊員たちが手摺りにしがみついた。

突然、左手の斜面に閃光が走った。火矢が飛び、歩兵戦闘車に突進して来る。

「ロケット弾だ！　止まれ！」

成中尉は怒鳴った。キューポラの中に身を沈めた。

味方の25ミリ機関砲がばりばりと轟音を立てた。歩兵戦闘車はブレーキ音をあげ、前のめりになって急停止した。

火矢が歩兵戦闘車の前部をかすめて右手の斜面に生えた木立に突っ込んだ。爆発が起こった。

「前進！」

成中尉はすかさず叫んだ。歩兵戦闘車はエンジン音を上げ、強引に速度を上げた。

味方の25ミリ機関砲がその間も吠え、赤い曳光弾が閃光を発した付近に吸い込まれていく。

後続の歩兵戦闘車からも、一斉に25ミリ機関砲弾が左手の斜面に襲いかかった。

「隊長！　前方、戦車発見！　待ち伏せだ！」

運転手の兵長ががなった。兵長は暗視ゴーグルをかけていた。

成中尉は急いで暗視スコープを目にあて、前方の暗がりを覗いた。

戦車の砲塔が見えた。戦車砲がこちらを向いている。赤外線投射装置が光り、成中尉の顔に赤い光線があたった。

危ない！

成中尉はキューポラに潜り込んだ。

「右に避けろ！」成中尉は怒鳴った。

歩兵戦闘車は車体を傾けるようにしながら、方向を右手に変えた。

擱座した戦車の陰に走り込んだ。敵の戦車砲が轟音を立てた。砲弾が伸び、擱座した戦車の残骸に命中した。

「下車戦闘！」

成中尉はがなるように叫んだ。

「下車戦闘！」

分隊長の謝上士が怒鳴り、隊員たちが後部扉を開けて、外に転がり出た。暗闇に紛れて散開する。

敵の戦車砲が吠えた。

何発もの砲弾が飛び、後続の歩兵戦闘車の列に降り注いだ。

あっという間もなく、先頭の歩兵戦闘車に戦車砲弾が命中し擱座炎上した。

成中尉たちが降りたばかりの歩兵戦闘車を狙って、敵の戦車砲弾が飛翔する。

いずれも戦車の残骸に命中し、爆発が連続した。

「後退、後退だ！」

成中尉は後続の歩兵戦闘車に怒鳴り、手を振って引き返せという合図をした。

生き残った三輛の歩兵戦闘車は轟音を上げ、猛烈な速度で後退して行く。また戦車砲が一斉に吠えた。

しんがりになった歩兵戦闘車に砲弾が命中した。

歩兵戦闘車は爆発し、道路の上に擱座して動かなくなった。

その間に、二輌は道路から急いで射線から外れようと、一輌は岩陰に、もう一輌は杉林の中に飛び込んで姿を隠した。

「対戦車兵！」

謝上士が怒鳴る。

アメリカ製対戦車ロケット弾カール・グスタフを担いだ隊員が戦車の残骸に駆け寄った。成中尉は暗視スコープで前方を窺った。

道路と鉄路は二、三〇〇メートルほど先でゆるく右手に曲がり、杉の木立に隠れている。杉林に、こんもりと雪の山があり、そこにカモフラージュした戦車の影が見えた。

戦車の数は四輌を確認。戦車がいれば、歩兵も潜んでいるはずだ。

「援護射撃しろ！　撃て！」

歩兵戦闘車の25ミリ機関砲が連射を浴びせた。曳光弾が戦車が潜む木立に吸い込まれていく。

敵からも応射があった。散開した隊員たちに弾丸が降り注ぐ。

戦車砲が轟音を立て、歩兵戦闘車の砲塔に命中した。

歩兵戦闘車は砲塔を爆破され、炎上した。運転手の兵長が歩兵戦闘車の床の下から這い出して脱出した。

成中尉は対戦車兵に訊いた。

「目標が見えるか？」

「見えません」

「これで目標の位置を把握しろ」

成中尉は暗視スコープを対戦車兵に渡した。対戦車兵は暗視スコープで目標の位置を捜した。

「了解。一輛の影を発見しました」

対戦車兵は暗視スコープを外し、暗闇を睨んだ。

「大丈夫か」

「任せて下さい」

対戦車兵はグスタフをもう一度肩に担いだ。謝上士が暗視スコープを覗き、敵の戦車の位置を再確認する。

「通信兵！」

成中尉は無線通信兵を呼んだ。無線通信兵は成中尉ににじり寄った。成中尉は無線機のマイクに囁いた。

「偵察中隊から師団本部へ。敵発見。戦車四台を確認。至急に砲撃を開始してほしい」

『了解。砲撃目標の座標を知らせ』

「座標は…」

成中尉は急いで地べたに作戦地図を拡げ、懐中電灯の光をあてて、座標番号を読んだ。その間に対戦車兵はグスタフの狙いをつけた。謝上士が怒鳴った。

「撃て！」

グスタフの背後から噴煙が吹き出した。白煙の尾を曳いた弾体が前方に飛翔した。

「隠れろ！」

謝上士が対戦車兵の軀をひっぱり、擱座している戦車の残骸の陰に隠れた。

間髪を容れず、機銃弾が対戦車兵と上士の居た場所に叩き込まれた。

グスタフの弾体は雪の杉林に吸い込まれ、どーんという爆発音を上げて炸裂した。

戦車が炸裂して、炎上するのが見えた。

「隊長！　戦車が動きだした。こっちに向かってくる」

暗視ゴーグルをかけた運転手の兵長が叫んだ。

成中尉は暗視スコープで杉の木立を見た。三輌の戦車が猛然と走り出てきた。成中尉は怒鳴った。

「対戦車兵！　敵は三輌だ」

「ドラゴン残弾は二発です」

「先頭の二輛をやっつけろ！」

「よーし、ドラゴンを持って来い！」

謝上士ががなった。隊員が抱えていた予備のグスタフを持ってきた。対戦車兵がグスタフを肩に担いだ。もう一人の隊員も一基のグスタフを肩に担いだ。

戦車のキャタピラ音が大きくなる。前方の暗がりに戦車の巨体が現われた。二輛が先頭を争うように突進して来る。

成中尉は無線機を抱え、怒鳴るようにいった。

「砲兵隊、砲撃要請。大至急！　座標は……」

『…！』

砲兵隊司令部要員が何事かをいうのが聞こえた。

「撃て！」謝上士が命じた。

二発のドラゴンが噴出した。白煙が伸び、戦車の影に突進した。一発が戦車の頭上を越えて後方に消えた。後方の雪林で爆発が起こった。

もう一発が左手の戦車の砲塔に命中した。どーんという爆発音とともに砲塔が吹き飛び、戦車の動きが停まった。もう一輛は目前にまで迫ってくる。

「全隊、退避しろ！　退避！」

成中尉は怒鳴った。

「退避、退避！」

謝上士も大声で命じた。

成中尉は隊員たちを退避させ、自分も後方に向かって走り出した。

逃げる成中尉や隊員たちに機関銃弾が襲いかかった。たちまち、隊員たちの何人かが銃弾に薙ぎ倒されて転がった。

成中尉も脚に電撃を受けたような激痛が走り、道端に転がり落ちた。

戦車が背後から迫った。成中尉は最早これまでと観念した。

頭上にシュルシュルという風切り音が聞こえた。途端に、戦車の周辺にどしんどしんと砲弾が着弾しはじめた。一発が戦車の上部に命中して、爆発した。戦車は内部で激しく炎上し、雪の小山に乗り上げて停まった。

謝上士が成中尉の傍らに飛び込んだ。

「隊長、大丈夫か」

「大丈夫だ。それより、砲兵隊に着弾地点の修正を指示しろ。このままだと、我々が砲弾を見舞われることになるぞ」

「了解」

謝上士は道路端に転がっていた無線通信兵の軀を引き寄せ、雪まみれの無線機を取り上げた。

「砲兵隊、砲兵隊、着弾点を修正せよ。砲撃目標の座標を…に移せ」

謝上士が無線機に叫んだ。

『了解、了解』

無線機から応答が聞こえた。

成中尉は軀を起こした。

後方から一度退避していた二輌の歩兵戦闘車が猛スピードで走ってくるのが見えた。25ミリ機関砲が唸りを上げ、前方の雪の杉林に機関砲弾を浴びせかけている。

「衛生兵！　来てくれ」

謝上士が叫んだ。

その声も猛烈な砲撃音にかき消された。

前方の杉林に155ミリ砲弾が集中して降り注ぐ。たちまち、敵の戦車がいた付近の雪が吹き飛ばされ、砲弾の爆発が土を舞い上げた。

成中尉は駆け付けた衛生兵に応急手当をして貰いながら、砲弾の噴煙に隠れた敵陣を眺めた。

東の空が白々と明けはじめていた。爆発音は間断なく続き、敵の抵抗もなくなっていた。

雪がちらつきだしている。北の大地からの風も吹き出している。

歩兵戦闘車が傍らに止まり、小隊長の朱少尉たちが後部から走り出た。

「大丈夫ですか？　隊長」

「大丈夫だ。かすり傷のようなものだ」

成中尉は大腿部の貫通銃創を見ながらいった。衛生兵が止血帯をあて、包帯で幾重にも巻き付けてある。踏ん張れば立てそうだった。

「隊長！　味方が来ました」

謝上士が叫んだ。振り向くと、後方の道路や鉄路を急ぐ機械化部隊の装甲車両が続々と列をなして進撃して来るのが見えた。

「よし。我々も前進するぞ！」

成中尉は衛生兵の肩を借りて立ち上がった。

この日、満洲軍第2軍第7機械化歩兵師団は最後の敵の抵抗地点を突破し、興隆市内への突入に成功している。

9

北京総参謀部　12月10日　1900時

作戦本部長の秦上将は腕組みをしたまま、つぎつぎと前線から寄せられる戦況報告に耳を傾けていた。

敵の大攻勢がはじまって、およそ一ヵ月以上が経った。あいかわらず戦況はきわめて悪く、敵の進撃を食い止めることができずにいた。いったいどこで戦局を挽回するきっかけを摑むことができるのか、誰にも分からない状態だった。

楊大校も沈痛な面持ちで状況表示板に描かれる彼我の戦闘状況を睨んでいた。

「黄上校、第一戦線はどうなったというのかね」

秦上将は眉根に皺を寄せて訊いた。黄上校は、

「敵は唐山を迂回して、豊潤の防衛線を突破し、西進を開始しました。敵には日米の対戦車攻撃ヘリ部隊がついており、味方は苦戦を強いられています」

「唐山に布陣した第38軍の機甲師団と防空部隊の一部を振り向けたのではなかったのかね?」

「その機甲師団も途中、日米空軍機の空爆と攻撃ヘリの攻撃を受け、豊潤の手前およそ十キロメートル付近で立往生をしております。防空部隊が前面に出て応戦していますが、日米空軍機と攻撃ヘリの執拗な反復攻撃で、機甲師団は撤退を余儀なくされました。

このまま無理に豊潤に到達しても、我が方の損害が大きくなるばかりでした。今後、あるだろう敵の上陸作戦にも支障が生じるので、機甲師団、防空部隊ともに後退を命じました」

「よかろう。止むを得まい」

秦上将は溜め息混じりにいった。

連絡将校の沈振中尉が通信室から急ぎ足で作戦本部室にやって来た。

「作戦本部長、第二戦線の24軍司令部からの緊急連絡が入りました」

「また負けたという報告か?」

楊大校は苛立った声でいった。

「はい。残念ながら。今朝未明、興隆防衛線が三ヶ所で敵機甲部隊や機械化部隊に強襲突破されました。敵部隊はアメリカ空軍の航空支援を受けており、味方の防空部隊が反撃するも、味方の機甲旅団、機械化部隊はほぼ壊滅状態に追い込まれました。そのため、全軍を興隆市内に後退させ、そこに最終防衛線を張ることを許可願いたいとの要請です」

「どうするか？　楊大校」

　秦上将は楊大校を見た。

　楊大校は唸った。指示棒で燕山山脈の山間部を走る鉄道と幹線道路を差した。

「24軍が興隆市まで後退するとなると、燕山山脈の霧霊山付近で敵第4軍を食い止めている、我が65軍はどうなるかね？　敵に背後に回り込まれ、補給線を断ち切られ、前後を挟み撃ちにされることになるぞ」

「そうだな。黄上校、貴官はどう思う？」

　秦上将は黄上校を見た。

「ふたつの方策があります。そのまま65軍に燕山山脈に立て篭もらせ、敵第4軍を興隆を目指す敵第2軍への合流を阻止させるか。

　それとも、すぐに65軍も興隆へ撤退させ、24軍の防衛線に合流させて、敵を食い止めるか。

　いずれにせよ、戦術予備の63軍が興隆郊外に到着したところですから、興隆を起点にして、反撃のきっかけを作ることができるかと思いますが」

「閣下、私の意見を述べさせていただいていいでしょうか」

突然、作戦本部室に新たな人物の声が響いた。

秦上将や楊大校が驚いて振り向いた。

そこには軍用コート姿の賀堅参謀長が立っていた。

コートの肩には白い雪の粉がついていた。賀堅参謀長はコートを脱いで、お付きの副官に手渡した。

「おう。賀参謀長、着いたのか？」

秦上将は満面に笑みを浮かべた。賀堅少将は挙手の敬礼をした。

秦上将は答礼すると、すぐさま賀堅少将と握手をした。

楊大校は顔を強ばらせながらも、敬礼して賀堅少将を迎えた。賀堅少将はうなずき、楊大校に軽く答礼した。

賀堅少将は黄上校や何炎上校、周大校たちとつぎつぎに握手を交し、お互いの無事を喜び合った。

「さっそくだが、貴官の意見を聞かせてくれ」

秦上将は賀堅少将にきいた。

「私なら、65軍に燕山山脈に立て篭もらせる戦術を使います」

「ほう、どうしてだね。敵第２軍に背後を衝かれる危険があるが」

「敵には、そんな余裕はないでしょう。わざわざ65軍を攻撃するために、兵力を割くとは思えません。

それよりも、一刻も早く北京攻撃を行なうべく、興隆攻略を目指すでしょう。なにしろ、この時季です。燕山山脈はすでに雪が降り積もっております。自然の要害に阻まれて、敵第4軍の侵攻速度は鈍りつつある。

わざわざ、それを助けるような味方の撤退はしない方がいい。むしろ、これから深くなる雪山を地の利として、65軍には敵に対してゲリラ戦を挑ませ、敵を消耗させる手です」

「なるほど。それはいい考えだな」

「興隆を防衛線とする考えはいかがでしょうか？」

黄上校がきいた。賀堅少将は状況表示板を睨んだ。

「これまでの敵の攻撃パターンは、空爆を行い、徹底的に我が方の防衛線を叩く。その上で、一気に機甲部隊や機械化部隊を突入させて防衛線の突破を図る。その繰り返しではなかったかね？」

「はい。その通りです」

「そうさせない方法を考えねばならない。それには防衛線を固定した陣地にしないで、分散移動させる方式に変える。さらに、長い防衛線を張らず、拠点防衛に切り替えるのはどうか？　線を維持するのは困難だから、敵の北京侵攻経路に防衛拠点をいくつか設け、縦深深く防衛する。たとえば興隆防衛に固執せず、転戦につぐ転戦を行なう。そのためには動き辛い師団単位の移動を止め、連隊規模、大隊規模に分散させて、拠点拠点の防衛陣地を作る」

「なんと、おっしゃる、賀参謀長。それでは、たとえば興隆で防衛せずに、敵を簡単に通過させて、どうするというのですかな。小部隊では敵にかなわないから、手を出さないということにもなりかねない。目の前を敵が通過しても、いいというのは敗北主義ではないかと思うが」

　楊大校は怒りを抑えていった。

「たとえば、あまり抵抗せずに、敵に興隆市を明け渡したとする。敵は当然、興隆占領後の治安を図り、周辺の防御を考えるから、部隊を分散させざるを得ない。

　当然のこと、進撃の速度を落とすことになる。たとえ、そのまま進撃しても、通過した町や村に我が方の部隊がいて、虎視眈眈と敵の背後を狙っているとすれば、敵も安心して進撃できない。安易に進撃をしたら、その時には、すぐに各拠点にいる味方が連携して、敵軍の背後や腹背から攻撃する。

　一方で、敵の前面に立つ味方も反撃するから、敵は前と後、場合によっては側面から挟み撃ちされる状態になる」

「そうか。敵を懐ろ深くにまで誘い込み、周囲からじわじわと攻めたてるというわけだな」

「そうです。これは故毛沢東の人民戦争戦術でもあります」

賀堅少将は真顔でいった。

「どうかね、黄上校、楊大校？」

秦上将は二人に聞いた。

黄上校は満面に笑みを浮かべてうなずいた。

「その作戦を採用させていただきましょう」

「うむ。仕方ないか」

楊大校は面白くなさそうにいった。

秦上将は黄上校に指示した。

「よし。では、黄上校、さっそくだが、興隆に兵力を集中させず、拠点防衛に切り換えて、縦深を深くする工夫をしてくれたまえ」

「分かりました。戦術予備の63軍も、興隆ではなく、途中の何箇所かの拠点防衛をするように指示を出します」

「やってくれ。楊大校、貴官も黄上校と一緒に作戦指導にあたってくれ」

「分かりました」

楊大校は渋々とうなずいた。

黄上校は大声で作戦本部会議室に参謀幕僚たちを呼び集めた。幕僚たちは何事かという顔で、会議室にぞろぞろと集まってくる。

「ところで、閣下、さっそくですが、内密のお話があります」

賀堅少将は秦上将の傍らに寄り、小声でいった。秦上将は作戦本部長室に顎をしゃくった。

「私の部屋で聞こう。私も貴官に大事な話がある」

二人は肩を並べ、作戦本部長室に歩きだした。

楊大校はじろりと二人の後ろ姿を見送った。代わって部屋の隅にいた汪石大校が楊大校に近付いて耳に囁いた。

「楊大校、いよいよ、やるべき時が来ましたね」

「うむ」

楊大校は作戦本部長室に入る二人に目をやった。

「何を話し合うのか、我々も部屋で聞こうではありませんか」

汪石大校は作戦本部室長室に顎をしゃくった。楊大校は辺りに誰も聞いていないのを確かめ、おもむろに室長室に向かった。

10

パキスタン・カラチ　12月11日　午前9時

窓の外には神々しいまでに美しいヒマラヤ山脈の白い雪嶺の連なりが見えた。雪嶺は抜けるように青い空を背景にして、陽光を浴びて輝いていた。

南郷誉は肘掛椅子に座り、じっと考え込んだ。目の前に董清泰在パキスタン中国大使が座り、にこやかに笑みを浮かべている。

二週間以上も待たされても、同じ答しか返ってこないということは、中国政府は南郷の伝えた和平交渉の提案に乗り気ではないということなのだろうか。

それとも、中国人のしたたかな外交政策に、自分も乗せられているのだろうか。いずれにせよ、いい兆候ではない。

「秦上将は和平案について、検討に値するというのですね」

「はい。その通りです。日本政府が提案する中華連邦構想は悪くないアイデアだと秦上将も高く評価しています」

「まず互いに停戦しようというのにも、賛成なのですね」

「その通りです。停戦して、互いに兵力を引き離そうと。そうすれば、中国政府も和平交渉の席に着くと」

董大使は大きくうなずいた。南郷は続けた。

「問題は、そこからですね。まず華南戦線で、停戦を実現し、秘密の和平交渉を開始した。満洲共和国政府や台湾政府、日米政府、国連が軍事行動を直ちに停止して、兵を引き下げろというのですね。そうしないと和平交渉には応じられないと」

「そうです。念のために申し上げますが、そういったからといって、我が国がいま満洲共和国政府や台湾政府を正式に承認したわけではない。我が国からいえば、満洲共和国はまだ瀋陽自治政府、台湾も台湾省政府としてしか認めていませんので」

「そう堅苦しくいわないでください。董先生と私の間だけの話ですから」

「分かっています。ですが、私にも立場があるので、念のためということです。お許しを」

南郷は頭を左右に振った。

「実は腹を割ってお話しすれば、いまの状況では、満洲軍も日米政府も、すぐには停戦することはできないと思います」

「ですが、和平交渉の提案は日本政府代表のあなたの案なのでしょう?」

「状況が一変したのです。貴国は日本へ無差別のミサイル攻撃を行ったでしょう？しかも、弾頭に毒ガスまで搭載しての攻撃だった。非武装の民間人への無差別爆撃に対して日本国民も政府も激怒しています」

アメリカ政府も在日米軍基地をミサイル攻撃され、多数のアメリカ人が殺された。いまの状態では、直ちに停戦するということは不可能になってしまいました」

「非武装の民間人を殺傷したとおっしゃるが、日米両軍は大陸において、同様に民間人を無差別爆撃し、何万人も殺傷しているではないですか。同じことではないですか」

董大使は怒気を含んでいった。南郷は穏やかに董大使を諭した。

「董先生、お互い様であることを、いま言い合っても仕方がないではないですか。私は日本やアメリカの状況を説明しただけです。つまり、提案をした時と状況が違っている。でも、私は、そうした双方にとって不幸で、相互不信に陥っている危険な時機だからこそ、董先生となんとか和平交渉の道筋を作りたいと思っているのです。分かってください」

「そうでした。私と南郷先生が対立していては、何事も進まないですな」

董大使は頭を掻いた。

「今度は、中国政府の方が和平交渉を行なう最低の条件として、まず停戦せよというのですね」

「そうです。軍事委員会の秘書長である秦上将は、停戦をして和平交渉をしようということでは一歩も譲るつもりはないようです」

董大使はテーブルの上の湯飲み茶碗を手に取り、ウーロン茶を啜るように飲んだ。

「停戦の範囲は、なんといってましたか？」

「地域ごとの当事者の和平交渉でいいと。たとえば、華南のように、広東軍と北京軍華南派遣軍が停戦しました。まず話し合う。その間、お互いに攻撃はしないとなった」

「南郷先生、それを東北戦線、新疆ウイグル自治区やチベットでの独立派人士と同じ停戦協定を結んで、和平交渉に入りたいのです。国連やアメリカ政府、日本政府とも同様に停戦して、和平交渉を行ないたい」

「立場が逆転したようですね」

南郷は笑った。先の交渉では、南郷が提案していた和平のプロセスだった。

董大使は探るような目で南郷を見つめた。

「私が個人的に聞いた噂では、近々、日米共同軍が満洲軍に呼応して、天津海岸上陸作戦を行なうとのことですが、本当なのですか？」

「その噂は、私も聞いています。盛んにマスコミも国連軍や日米軍の北京総攻撃の可能性が高いという観測記事を流している。だから、私は和平交渉を急ぐべきだと思うのです。

あくまで停戦が条件という中国政府の気持ちは分かるが、それでは各国の足並みは揃わない。時間もかかるでしょう。だから、我が政府としては現実に停戦しているか否かに関係なく、秘密裏にでもまず和平交渉を行い、どうやって戦争を終決させるか。その落としどころを探りたいと考えています。

それがお互いあまり傷が深くならないうちに、手を握り合い、戦争をまず止めるということを実現できるのではないか、と思いますが」

「そのためにも、まず停戦しようと」

董大使は最初の議論に話を戻した。

「堂堂巡りですね。董大使閣下。これでは事前交渉の段階で、話は止まったままだ」

「本当に困りましたね。まったく。私は、正直いって、我が国政府の頑固さにほとほと困っています。もし、自分が中国大使という公式の立場でなかったら、南郷先生、あなたのいうように、まず停戦ありきではなしに、すぐさまにでも裏での和平交渉の席に着くことに賛成なのですがね。本国からの訓令では、どうしても停戦の承諾を得ろという条件なのです。そうでなければ、和平交渉の席には着かないと」

董大使は弱々しく笑い、頭を振った。

「董先生、もし、その頑固なトップが和平派に替わることになったら、どうです?」

「なんですと?」

董大使の顔色が変わった。南郷は真顔でいった。

「董先生にも、お願いしたいのです。頑固な秦上将をトップの座から引き摺り下ろす工作をしてくれませんか？　それが、日本と中国がうまく和平交渉の座に着くための手っ取り早い方策になると思うのですが」

「し、しかし、どうやって？」

董大使は辺りを見回した。まるで誰かの目を警戒するかのように。

南郷は董大使をじっと見つめた。

「董先生を信じて申し上げたいことがあります」

南郷は董大使に重大な方策を話しだした。

第二章

北京の暗闘

1

済南空軍基地　12月12日　0600時

雪に覆われた大地が地平線まで拡がっている。

イリューシン大型輸送機は翼を斜めに傾け、大きく旋回しながら、着陸態勢に入った。

機体が水平に戻った。最終着陸態勢になった。高度がだんだんと低くなっていく。

護衛の殲撃8型戦闘機が銀色の翼を翻して、上空遥かに飛び去っていく。

劉小新は舷窓に顔をつけ、済南空軍基地の様子に目を見張った。

基地のいたるところに擂り鉢のようなクレーターが月面のそれのように拡がっていた。日米空軍の爆撃の跡だった。

格納庫はほぼ全部が破壊され、戦闘機の掩体壕もほとんどが爆弾の直撃で崩れ落ちている。対空ミサイル陣地が基地の為辺に点在しているが、その半分以上は破壊されている。主滑走路や補助滑走路にも随所に爆撃の跡があり、それらを応急修理した様子が窺える。

　ブザーが鳴り響いた。搭乗員がコックピットとの間の戸口から顔を出し、まもなく着陸すると告げた。

　荷物格納室にぎゅうぎゅう詰めになった完全武装隊員たち120人は、途中、敵機にも遭遇せず、無事に済南に到着したので、ほっとした表情になっていた。

　彼らは南京第1軍第21歩兵師団の先遣中隊の隊員だった。

　北京総参謀部は敵軍が天津海岸に上陸する場合に備えて、華南派遣軍の下にいる南京第1軍の第1機甲師団と第21自動車化歩兵師団、第22自動車化師団、第9砲兵師団、および第2防空師団を急遽引き抜くことを決定し、済南に部隊を転進させるよう命令を下した。

　そのため華南派遣軍司令部は、その命令の通り、済南に南京第1軍主力を送ることを決め、まずは先遣部隊を済南に派遣したのだった。

　すでに済南には先遣部隊の第一陣が入っており、劉小新はその第二陣の隊員たちとともに済南に入って、前線指揮所を設営する役目を担っていた。

「どうも、飛行機は落ち着かないですな。我々陸軍の歩兵は足が地に着いていないと、どうも居心地が悪い。こんな鉄の固まりが空を飛ぶなんて、信じられんものな」

　隣に並んで座った先遣部隊の司令である喬守強上校が劉小新にエンジン音に負けな

いような大声でいった。劉小新は笑ってうなずいた。

車輪が着地するショックが起こり、輸送機は無事滑走路に着陸した。滑走路に雪煙を立てながら、タキシングして駐機場に向かいだした。滑走路も誘導路も凸凹が多く、車輪のショックが機体にもろに響いてくる。

またコックピットの戸口から搭乗員が顔を出した。

「いつ敵の空襲があるやも知れません。駐機場に止まったら、できるだけ早く機を離れ、近くの掩体壕に避難してください」

喬上校は手を上げ、ＯＫのサインをした。

隊員たちが安全ベルトのバックルを外す音が機内に響きわたった。

中隊長の柏楊上尉が小隊長の姜大河中尉たちに着陸した後について、指示を出した。姜中尉は分隊長の張彦上士（曹長）に手信号で、何事かを合図した。張上士は立って怒鳴り声を上げた。

「いいか、野郎ども！　遠足に来ているんじゃないぞ。外は戦場だ。そのことを忘れるな」

兵隊たちは「オーッ」と喚声を上げた。

「輸送機が止まったら、直ちに装備を持って飛び降りろ。分隊ごとに迎えのトラックに急いで乗れ。点呼はトラックに乗ってから行なう。トラックに乗り遅れても迎えには来ないから、迷子になるな！」

兵隊たちはどっと笑った。

「われわれ先遣隊がやることは、後から到着する部隊のための駐屯地を設営することだ。やることはいっぱい用意してある。突貫工事で駐屯地を造るから、そのつもりでいろ」

張上士は怒鳴りたてた。

劉小新はその様子を見ながら、ふと賀堅参謀長を思い出して不安になった。

賀堅参謀長はご無事だろうか。

古巣である北京総参謀部は、楊大校一派が多数派を占めており、賀堅参謀長は敵地の真っに単身、落下傘で乗り込んだようなものだ。

劉小新は賀堅参謀長の自信に満ちた顔を思い出した。

『心配することはない。私が秦上将閣下や楊大校を説得する。それは多少時間がかかるかもしれないが、話せば彼らもきっと分かってくれる。祖国を愛する気持ちでは、秦上将閣下も楊大校も私と同じ気持ちだ。もし、どうしても、彼らが私の意見を聞き入れてくれなければ、私は最後の決断をする。そうなったら…』

「劉上校！　どうした？」

喬上校が劉小新の肩を揺すった。劉は我に返った。

「さあ、着いた。迎えの車が来ている」

「あ、分かった」

劉は軍用ザックを抱え上げた。

後部のランプが開き、中隊長の柏上尉や小隊長の姜少尉たちが真っ先に降りた。続いて中隊の隊員たちが急ぎ足で機外に降り立っている。張上士の命令で、数人の隊員が劉たちに駆け寄り、軍用ザックを受け取り、機外に運びだした。

劉は喬上校と一緒にランプを降りて、明るい陽光の下に出た。イリューシン輸送機のエンジンは停止していなかった。入れ代わりに、機内へ荷物が運び込まれている。敵の攻撃がない間に、輸送機は華南へ戻るつもりなのだ。

「野郎ども、急げ。早く車に乗るんだ」

張上士ら下士官兵が部下たちにがなりたてていた。

兵隊たちは分隊ごとに分かれ、三台の幌付きトラックの荷台に上っていた。トラックの前には軍用ジープが停車していた。

一台は中隊長の柏上尉や小隊長の姜少尉たち指揮官用で、劉たちにはもう一台が用意されていた。

劉と喬上校はトラックの脇に停止しているジープに歩み寄った。

「喬上校、劉上校どの、お迎えに来ました」

若い少尉が喬上校と劉に敬礼をした。

「孟少尉、ご苦労さん」喬上校は答礼し、ジープの後部座席に飛び乗った。

劉も後部座席に乗ろうとした。孟少尉が慌てて劉を制した。

「上校どのは、こちらへ」

孟少尉は助手席に劉を促し、後部座席に乗りこんだ。運転席の中士が緊張した面持ちでハンドルを握っていた。喬上校が笑った。

「そうだぜ、参謀次長どのは、いい席に座って貰わないとな」

劉は仕方なく助手席に乗り込んだ。

劉たちを乗せたジープは乱暴に発進した。後に柏隊長たちの乗ったジープが続いた。トラック三台もエンジンを唸らせ、ジープについて走りだした。劉たちのジープは全壊や半壊している格納庫や司令部ビルなどの前を走り抜けた。

倒壊したビルには、ブルドーザーやパワー・シャベルなどの重機が入り、後片付けをしていた。土嚢陣地からは対空連装機関砲が空に突き出していた。

突然、サイレンが鳴りだした。ジープの速度がぐんと上がった。

「また空襲です！」孟少尉が説明した。

基地の正門ゲートに出た。衛兵たちが金網の門扉を開け、腕をぐるぐると振るって、早く出ろという合図をした。

ジープは徐行もせず、ゲートを抜けて、田園や森林の間を走る一本道に出た。

「設営地まで、どのくらいの距離だ？」喬上校は孟少尉にきいた。

「約6キロメートルです」

劉小新は背後を振り向いた。三台の幌付きトラックが砂塵を上げて、追走して来る。空襲警報が危険を告げた。劉小新は上空に目をやった。青空に七、八機の機影が見えた。くっきりと翼を光らせ、旋回している。

「敵襲！」

喬上校が怒鳴った。劉は首をすくめ、後方の空を睨んだ。

敵機は二機ずつに分かれ、駐機場にいるイリューシン輸送機を見付けたらしく、急降下を開始した。

対空砲火がはじまった。天空に曳光弾の筋が何本も上がった。

敵機は対空砲火をものともせず、飛行場の上を低空で飛び抜けた。その直後、イリューシン輸送機のいた駐機場や掩体壕のあたりに爆発が連続して起こった。

何本もの黒煙が噴き上がった。対空砲火の機関銃音が鳴り響く。

さらに、二機の機影が滑走路の方角を過った。機影が飛び抜けた後で、また連続して爆発が起こった。

「こっちに来るぞ！」

喬上校が怒鳴った。

アメリカ海軍機F／A―18スーパーホーネットが二機続け様に頭上を超低空で飛び抜けた。

翼と胴体に小さな星のマークが描かれてあった。敵機はこちらを視認したらしく、二機は左右に分かれて上昇し、大きく旋回をはじめた。

こちらを襲ってくるつもりだ。劉は運転手の中士に叫んだ。

「退避！　退避しろ！　敵機が来るぞ」

中士はジープを道路端の雪溜まりに突っ込ませて急停止させた。

劉は喬上校と孟少尉と一緒に車から雪溜まりに飛び降り、窪みに転がり込んだ。

後続のジープやトラックも道路脇に急停車し、隊員たちがつぎつぎに降りて、窪みに飛び込んだ。

旋回を終えた二機のスーパーホーネットはジェット・エンジン特有の金属音を発しながら急降下しながら、真っすぐに向かってくる。

劉はヘルメットを押さえ、窪みの底に突っ伏した。

爆弾が炸裂した。爆風が立木を薙ぎ倒し、土砂を吹き上げた。続いて、もう一機の機影が飛び抜けて行く。猛烈な爆風が軀の上を吹き抜け、びりびりと空気を震わせた。

運転していた中士も喬上校、孟少尉たちも溝の底に伏せていた。

二機のジェット機の爆音がようやく遠退いて行った。

顔を上げると、幌付きトラックの一台が爆弾を直撃され炎上している。周辺に散った隊員たちが立ち上がりはじめていた。柏上尉や姜少尉が隊員たちを呼び集めている。

「喬上校、孟少尉！　大丈夫か」劉は起き上がって呼んだ。

「大丈夫だ」

喬上校と孟少尉は、それぞれ立ち上がりながら、野戦服の土埃を叩き払った。

「柏中隊！　指揮官は損害報告しろ」喬上校は大声で叫んだ。

劉は東の方角に飛び去ったスーパーホーネットの行方を見た。

「危なかったな」喬上校はいい、飛行場の方角に顎をしゃくった。

どーんという爆発音が響いた。さっき降りたばかりのイリューシン輸送機が黒煙を上げながら燃えていた。

「われわれの輸送機についていた護衛戦闘機はどうした？」

「どこかに逃げたのだろう。北京空軍司令部は敵の上陸作戦を阻止するために、できるだけ迎撃戦闘機を温存しているそうだからな」

喬上校は頭を振りながら答えた。劉小新は戦局が以前にもまして悪化しているのを実感した。

このままでは祖国中国は崩壊しかねない。賀堅参謀長の和平工作が間に合えばいいが、と劉は心の中で思った。

2

上海　12月13日　0900時

南郷弓はダイヤルをいじり、日本やアメリカの短波放送の周波数に合わせ、ニュース番組を探していた。

中国軍の妨害電波で、ほとんどの周波数が聴取不能になっている。それでも根気よくダイヤルをいじるうちに、ひょんな拍子に妨害電波に邪魔されていない周波数を捉えることがあるので気が抜けなかった。

今日も朝からラジオ放送を探していた。

「おい、弓、どうだい、何か聞こえたか？」

兄の勝がふたつのマグカップを手に台所から現われた。

弓は勝からコーヒーのマグカップを受け取った。

「だめ。収穫なし」

弓はヘッドフォンを耳から外した。

「兄さんの方は？」

「少年探偵団は、みんながんばっている。軍のホスト・コンピューターにうまく入り込めばいいのだが」

勝はパソコンに張りついている少年たちに目をやった。部屋には何十台もパソコンがしつらえてあり、一台一台に腕に自慢のハッカー少年たちがディスプレイと睨めっこをしている。

黄浦地区のアジトにあったコンピューター部屋に比べれば、部屋は小さくて狭いが、廊下を挟んで三つの部屋に分かれており、合計すればほぼ同じぐらいのスペースにはなる。少年探偵団はそれぞれの役割に従って、三つのサイバー・グループに分かれていた。

冬冬少年を中心としたアタック・グループは中国軍のコンピューターに潜り込み、情報を盗みだしたり、データを書き換えたり、さらには破壊するサイバー・テロを行なう。

第二の研究グループは明明を中心にした技術開発チームで、さまざまなウイルスを作成して、敵のPCに送り込んだり、暗号通信の解読、中枢コンピューターへの侵入方法などを探っていた。

第三のグループは新しく編成したサイバー・セキュリティー部隊だ。

これまで二度にわたって中国公安や国家安全部にアジトを襲われた教訓を活かし、敵の捜索を事前に察知したり、サイバー警察の逆探知に対して、対抗措置を取ったり、偽情報を流して捜査を攪乱する役割を持っている。

「冬冬、どうだい？」

冬冬少年は周囲の十台のパソコンを操作し、中国軍のロケット軍司令部と北京総参謀部とをつなぐコンピューター・ネットへの侵入を図っていた。

「いつも、もう少しというところまで行くんだけれど、すぐにサイバー・ポリスの邪魔が入るんだ」

冬冬少年はピーナッツ菓子を頬張りながら、キイ・ボードのキイを押した。十台のパソコンの画面には乱数のような数字がひっきりなしに流れていた。

「この前に教えた暗証番号は役に立ったかい？」

「あれは本当に役に立った。あの暗証番号はロケット軍司令部と地方の発射基地を結ぶ通信ネットに入るキイみたいなものだった。でも、あの暗証番号は、すでに廃棄されていた。それを知らずにうっかり使用すると、今度は自動的にサイバー・ポリスに通報され、逆探知するシステムにつながっていたんだ」

「大丈夫だったか？」

「もちろん。そこは抜かりがないもん。でも、暗証番号が二十四桁であることが分かったから、いま、セキュリティー班にも協力して貰い、新しい暗証番号を捜しているところだ。暗証番号さえ分かれば、無理にコンピューターに侵入しようとしなくてもいいからね」

「分かりそうか？」

「スーパー・コンピューターがないから、時間はかかるけど、十台のＰＣを繋ぐと、結構解析速度が早くなる。だから、いまに解けると思う。人間が造った暗号で解けないものはないから」

冬冬少年は机の引き出しから煙草の箱を取り出し、一本を啣えた。

「冬冬！」

弓はつかつかと冬冬少年に歩み寄った。いきなり、冬冬少年の口に啣えた煙草をひったくるように取り上げた。

「あんた、まだ十四にもならない子供でしょ！　煙草なんかだめよ」

「もう十五だぜ、俺」

冬冬少年は不満そうに口を尖らせた。

弓は構わず引き出しの中から煙草の箱とライターも取り上げた。

「嘘、おっしゃい。あんたの誕生日は来月だって知っているわよ。それに十五でもだめ。ほんとは大人でも健康に悪いんだから」

「ボス、なんとかしてよ」

冬冬少年は勝に助けを求めた。勝はにやっと笑い、頭を左右に振った。

「だめだね。ここでは、弓がきみらのお母さんなんだからな。母さんのいうことは、ちゃんときかないと」

弓はきっと顔をしかめた。

「母さんじゃないわよ。お姉さんよ。まだ若いんだから。いいわね。まだ煙草なんか吸っていい歳じゃないってこと。いうことを聞かないと、食事抜きだからね」

「はいはい。ほんとの母さんよりも厳しいや」

冬冬は、それでもうれしそうな顔で従った。冬冬の父親は上海大学の教授だったが、反体制運動にかかわっているという容疑で、夫婦ともども逮捕され、監獄に送られてしまった。

一人残った冬冬は遠い親戚に預けられることになったが、それを拒んで、南郷勝の許に逃げてきたのだった。一人っ子政策のため、冬冬はほかに兄弟姉妹もなく、弓を姉のように慕っていた。

「ところで、ロケット軍司令部と地方の戦略部隊との交信記録を調べていたら、変な記録があるのに気付いたんだ」

「ほう。どんな記録だい？」

冬冬は一台のパソコンの前に座り、キイを叩いた。ディスプレイに交信記録の一覧表が現われた。冬冬は記録の中の一つを指差した。

「この通信だけが、陸軍のサイト宛でなく、海軍司令部のサイト宛になっているんだ」

冬冬が指差した項は、ほかの項目と明らかに違って、海軍司令部経由の通信になっていた。

「しかも、陸軍のサイトとの命令や情報伝達が頻繁に行なわれているのに、この海軍司令部経由の交信は、この数年の間、三、四ヵ月に一回程度しかやってなかった。ところが、戦争が始まってからというもの、一ヵ月に一回は交信をしているんだ。それに、この数週間では、毎週一回交信している」

「その交信内容は分かるかい？」

「暗号化されているので、内容は分からないけど、きっと重要な通信だと思う。いま明明の班に回して解読して貰っているところ」

「どれ、どんなものなんだ？」

勝がキイをいじり、最も近い日付の通信内容を表示させた。そこには、四文字ずつに分けられた乱数がずらりと並んでいた。冬冬は乱数の中の一つを指差した。

「これまで解読できた数字は『５１４１』の四数字。陸軍のサイトでは、この四数字は弾道弾を指すことが分かっている。だから、この通信文でも弾道弾の発射準備をしろと指令しているのではないかなって」

「なるほど。では、海軍の施設にも、ロケット軍のような戦略核を発射する施設があるというのか」

勝は顎をしゃくった。弓が脇から口を挟んだ。

「それって、原子力潜水艦のことでなくって？　中国海軍には核攻撃ができる原潜があったはず」

「そうか。原潜ってことはあるねえ。弾道弾は陸のサイトから発射されるとばかりは限らないんだ。考えてみれば海軍の場合は戦略原潜があったものな。どうして、それにすぐに気付かなかったんだろ。さすが、姉さんだけのことあるね。伊達に歳を取っていない」

冬冬はにやにや笑いながら、弓をからかった。

「そうか。すると、ロケット軍司令部が、どこかにいる原潜と交信をして、弾道弾の発射を準備させているということになるか」

勝はうなずいた。

「その原潜が、どこにいるのか、位置は分かるかい？」

「まさか、原潜とは思っていなかったから、調べてなかったけど、ひょっとして、相手からの返信に、位置情報があるかもしれない」

冬冬はパソコンに向き直り、キイを叩いた。まもなく画面が変わり、短い四桁数字がいくつか並んだ。

「これは？」

「昨日、ロケット軍司令部が受け取った通信文。きっとこの中に原潜の位置情報があるかもしれない」

冬冬はじっと数字の列を睨んだ。

「よし。それを明明の班に回し、解読して貰ってくれ」

「了解、ボス」

冬冬はフロッピーにデータを移し、ドライブから引き抜いた。

「オーケー、俺が自分で持っていく」

勝はフロッピーを受け取り、冬冬少年の頭を軽く叩いて、隣室に出て行った。

弓も勝について、明明たちの研究グループの部屋に入って行った。

向かい側の部屋が明明の研究グループだ。弓も興味津々で勝について行った。

「ボス！　ちょうど、よかった。来てください！」

明明がコンソールから勝や弓を振り向いた。

「これを見て」

明明がディスプレイを指差した。ほかの少年たちも面白そうにディスプレイを覗き込んでいた。ディスプレイには総参謀部の電子状況表示板が映っていた。

「満洲共和国軍が大攻勢をかけて、北京のおよそ150キロメートル手前まで迫ったらしいですよ」

「ほほう」

電子状況表示板には満洲軍が北京東部地区と北部地区に迫っている状況が表示されていた。

「北京南部からは日米軍が大挙して上陸しようとしているみたい」

「どれ？」

勝は電子状況表示板の下の方を拡大した。

渤海や東シナ海には、無数の艦船が集合している様が記されてあった。

米空母艦隊とそれを護衛する海上自衛隊の艦隊である印が示されている。空母や満洲共和国、韓国の基地から空軍機が天津から北京南部にかけて空爆をかけている印もついている。

「いよいよ北京攻略作戦が開始されるんだ」

勝はにやっと笑った。弓も息を呑んだ。

「そうそう。明明、昨日、ロケット軍司令部が出先から受け取った暗号文だ。相手は原潜らしい。これを解読してほしい」

勝はフロッピー・ディスクを明明に渡した。

「相手は原潜？　そうか。どうも変だと思った」

明明はうなずいた。弓がきいた。

「何か分かったの？」

「うん。この前、冬冬から預かった乱数の暗号は、どこか場所を表しているようだったんだ」

「ほう。もう解読してあるのかい？　どこだっていうんだ？」

「それはまだ調べてないんだ。でも、調べる手がかりはあるよ。北京総参謀部の使用している作戦地図があるんだ。総参謀部のコンピューターにアクセスして、その暗号数字と合致する場所を調べれば分かるはず」

「よし、明明、やってくれ」

「了解、ボス」

明明は勝が持ってきたフロッピーをドライブに入れ、ディスプレイに呼び出した。

弓は明明をはじめとするハッカー少年たちがきびきびと調べものをする姿に見とれていた。

3

北京総参謀部作戦室長室　12月13日　２１００時

楊大校は苛々した足取りで、部屋の中を熊のように行ったり来たりをしていた。

「楊大校、もう一刻の躊躇も許されない状況ですぞ」

汪石大校は椅子に座ったまま、圧し殺した声でいった。

「しかし、秦上将は賀堅の意見に賛成していないではないかね。賀堅の示す条件では、和平交渉の席に着くわけにいかないと、反対している」

「それは昨日までのことです」

「どういうことだ？　秦上将の意見が変わったというのか？」

「その件については、魏副部長から説明して貰いましょう」

汪大校は隣に座った国家安全部第二副部長の魏安国上校に顔を向けた。魏副部長は書類ケースから一通の書類を抜き出した。

「これは、つい一時間前に、秦上将宛に届いた極秘の電子暗号メールの写しです」

楊大校将は肘掛椅子に座り、魏副部長の差し出した書類を手に取った。書類には「極秘。特」と記されていた。国家安全部の部長（長官）と担当副部長しか目を通すことのできないトップシークレットだった。

「どうせ、ろくでもないメールなんだろう。わしはメールなんか大嫌いだ。いくらでも偽の情報を送れるからな」

楊大校は溜め息をつきながら、プリントアウトされたメールに目を落とした。

『秦上将閣下宛。緊急通信。極秘。発信人・董清泰在カラチ中国大使』

本文の部分には、何の変哲もない乱数がずらりと並んでいた。

「おいおい、これでは読めないではないか」

楊大校は顔をしかめた。魏副部長は静かにいった。

「それが電子暗号メールの本文です。それを特殊な解読機にかけると、次のページのようになります」

楊大校はページをめくった。平文で書かれたメールになっていた。

『…閣下に至急にお知らせしたいことがあります。私が得た確度の高い秘密情報によりますと、総参謀部内に、閣下を現在の地位の座から引き摺り下ろして、閣下に取って代わろうと画策している謀反グループがおります。彼らは閣下の和平工作に反感を持ち、閣下を亡き者にして、最高権力や人民解放軍の実権を奪い、あくまで対日対米戦争を続行し、最終核戦争も辞さず、祖国中国だけでなく世界を破滅に追いやろうとしている反人民的反革命将校団です。

彼ら謀反グループとは、楊世明大校を中心メンバーとする将校たちで、汪石大校、周志忠海軍大校、黄子良陸軍上校、何炎空軍上校らが名前を連ねています。…』

「なんだと！　わしたちのことが記されているではないか」

楊大校は顔を上げ、じろりと汪石大校と魏副部長を見た。

『…彼らは日米満軍の北京攻撃前にクーデターを起こす計画です。

閣下は、未然に彼らの陰謀を打ち砕くべく、国家安全部に命令して、彼らを逮捕拘留すべきだと思います。一刻も早く彼らを粛清しないと、閣下の御命にも関わる緊急事態になりましょう。

このクーデター計画は中国指導部の内部崩壊を目論む米諜報機関ＣＩＡの策動の可能性もあり、彼ら反革命将校団の中にＣＩＡの協力者がいると思われます。

彼ら楊大校たちは、ＣＩＡに利用されている可能性もあります。どうか、御身大切に、十分に用心なされるようにお願いいたします。

なお、この極秘情報については、和平を望む日本外交官南郷誉書記官から入手したもので、南郷書記官は日本政府の機密情報に触れることができる立場にあります。日本政府は一刻も早く、我が国との戦争状態を終決させたい意向で、過激な好戦派の台頭を喜ばず、クーデター発生を危惧しております。…』

　楊大校は顔色を変えた。

「このメールを秦上将はもう読んでいるのか？」

「まだ閣下はメールボックスを開いていないので、読んではいないと思います。しかし、遅かれ早かれ…」

「いま、閣下はどこにいる？」

　汪石大校は低い声でいった。

「賀堅少将と一緒に、中南海へ出掛けています」

「中南海へだと？　誰に会いに行っているのだ？」

「おそらく周金平中央軍事委員会主席のところかと」

「しかし、この前、秦上将閣下は周金平を中央軍事委員会主席の座から引き摺り下ろしたといっていたではないか？」

「必要なら、いつでも周金平を中央軍事委員会主席の席に戻すことは可能です。もしかして、和平交渉をするにあたり、周金平と和解しておこうという魂胆かもしれない」

　楊大校は唸った。

「この情報源の南郷という人物は、いったい何者なのだ？」

　国家安全部の魏副部長は重々しく口を開いた。

「われわれの調べでは、南郷は確かに日本外務省に席を置いているが、実は日本政府のNSA（国家安全保障局）の幹部でもあり、松元NSA長官が最も信頼している部下の一人だと分かっています」

「すると、秦上将はこの電子メールを読んだら、われわれを粛清すると思うかね？」

「おそらく、そうするでしょうな」汪石大校は大きくうなずいた。

「だから、先手を打つ必要があるというわけです。先手必勝。ばれたら、われわれは一巻の終わりです。座して死ぬのを待つのは御免です。楊大校、やりましょう。止むを得ません。閣下のお命を頂戴する。ついでといってはなんですが、その際には後顧の憂いなきよう、賀堅少将のお命も頂戴しましょう」

汪石大校は声を低めていった。

楊大校は立ち上がり、腕組みをして、灯火管制で真っ暗な北京市街を眺めた。楊大校にはまだ迷いがあった。

「いま、われわれがクーを決行したとして、何も事情を知らない他の民族統一救国将校団のメンバー—たちが、われわれを支持してくれるかどうか。

彼らの多くは秦上将を支持している。その秦上将を殺したとなると、われわれは逆賊にされるぞ」

魏副部長が汪石大校に代わっていった。

「では、クーデターではなく、敵の仕業に見せ掛けて葬り去るというのは、いかがでしょうかな？」

「ほう。そんな方法があるのかね？」

「ＣＩＡの工作員がやったように見せ掛けるのです。そうしたテロを専門にやっている男がいます。国家安全部で、何度か使っている暗殺者でしてね。爆弾テロのプロです」

「何者だね？」

「羅少佐という暗殺のプロです。台湾の李登輝総統の暗殺には失敗しましたが、今度は大丈夫でしょう。きっとやってくれる」

魏副部長がいった。楊大校は訝った。

「その羅少佐という男は信用ができるのか？　テロは成功しても、その羅少佐が公安か国家安全部に捕まり、ぺらぺらと喋られたら、ことだな。われわれの関与が分かってしまうだろう」

「その点はご心配なく。羅少佐には任務が完了した後で…」

魏副部長は首をナイフで掻っ切る真似をした。

「なるほど」

「楊大校、いいですな。決行しても」

「うむ。いいだろう」

楊大校は腹を据えていった。もう、ここまで来たら、引き返すことはできない。がむしゃらに突き進むだけだ。楊大校は汪石大校と顔を見合わせた。汪大校は心配ないという顔でうなずいた。

4

フィリピン・サマール島沖　12月14日　0800時

中国海軍北海艦隊所属の094型戦略原子力潜水艦「長征11号」は、フィリピン海溝に臨むサマール島沖で海底に潜んでいた。

艦長の単亜傑海軍上校は発令所で、通信士が本国からの暗号電文を解読するのを待ち受けていた。たったいま浮標のアンテナが捉えた本国海軍司令部からの秘密電信が入ったばかりだった。

副長の唐任重上尉は落ち着かぬ様子で、タオルで首筋の汗を拭った。

艦内の空気は淀み、熱気も感じる。出航してから、ほぼ二ヵ月が過ぎた。しかし、その間、敵に所在を突き止められないように、一度として海面に浮上していない。規則的に敵のソナー音が艦の外壁を叩いていた。しかし、先刻よりもだいぶ音が弱くなった。

「敵艦の位置は？」単艦長はソナー員に訊いた。

「七海里に離れました。なお遠ざかっています」

単艦長は虚空を睨んだ。駆逐艦が遠ざかっても、安心はできない。上空に敵の哨戒機がいる可能性がある。

本国からの命令を受け取るため、定時にアンテナ浮標を海面に上げた時、運が悪いことに、たまたま上空を哨戒機が旋回していた。

急いで浮標を海中に引き込み、その海域からの脱出を図ったが、哨戒機の執拗な追跡に遭って閉口したことがある。

結局、その時は、どうにか哨戒機の探索を逃げ切ることができたが、次に逃げ切れる自信はない。

その際、本国からの極秘電信をキャッチすることができたが、あまり急いでアンテナ浮標を引き下げたため、命令の一部しか解読できなかった。

命令は緊急の作戦行動を促す内容のものだったので、再度、定時の連絡を取ろうと、浮標を上げたばかりだった。今回は駆逐艦が近くの海域にいて、危うく、その追跡を受けるところだった。

「艦長、電信の解読が終わりました」

通信士官が平文にした電信を単艦長に手渡した。

単艦長は電信文の冒頭に「極秘・特」とあるのを見て、胃袋の付近が締め上げられるのを感じた。

『…本日0800時、「長征11号」は、現在地を離脱し、攻撃位置乙09地点へ移動せよ。「長征11号」は指定位置に到着次第、所定の目標に対する核弾頭搭載弾道弾の発射準備を行い、発射命令が出るまで潜航待機せよ。以上。海軍司令部司令員・朱栄慶上将、ロケット軍司令部司令員・張国偉上将。…』

目標は東京か！

単艦長はもう一度命令文を読み直した。

間違いない。乙09地点だ。

目標は予め指定位置によって決まっていた。乙09地点から弾道弾攻撃を行なう場合、目標は東京だった。

「通信士官、この暗号解読に間違いはないな？」

単艦長は念を押した。通信士官の呂中尉がはっきりとした口調で応えた。

「三度確かめました。間違いありません」

「よろしい」

「艦長、どうしましたか？」

唐副長が訊いた。単艦長は命令書を副長に渡した。

「ソナー員、駆逐艦は？」

「遠ざかっています。距離七・二海里。針路３４０へ20ノットで向かっています」

「ほかに敵艦はいないか？」

「いまのところ、ソナーに感知しません」

単艦長は艦内放送のマイクを取った。

「攻撃態勢解除する」「攻撃態勢解除」

「通常警戒態勢に戻れ」

復唱が起こった。艦内に張り詰めていた緊張の空気が弛んだ。

「本艦はただいまより着床から離れ、移動を開始する。浮上開始」「浮上開始」

メインのバラスト・タンクに圧搾空気が注入される音が響いた。海底に着床していた艦体が岩肌を擦る音が聞こえた。

ほぼ一ヵ月ぶりの航海だ。乗組員たちは久しぶりの航海に顔をほころばせている。

「艦首、上げ角10度。艦尾下げ角５度。微速前進」

操舵員が復唱する。

「深度１００」「深度１００」

単艦長は副長から命令書を受け取った。

「どうだね？」

「いよいよですね、艦長」唐副長も興奮して顔を上気させていた。

サマール島沖から乙09地点まで、直線にして約７７８海里。およそ１４００キロメートルだ。どんなに急いでも38時間はかかる。それも途中、敵の駆逐艦や哨戒機に遭遇しないでの話だ。

「深度１００です」操舵員が告げた。

「針路変更０４５。第２戦速」

「針路変更０４５。第２戦速」

単艦長は命令した。

原子力潜水艦「長征11号」は一路、沖ノ鳥島へ向かって航行を開始した。

5

東北第三戦線　燕山山脈霧霊山麓　12月15日　1700時

雪が斜めに吹き掛けていた。日暮れ近くなり、降雪は一層激しくなり、後背の燕山山脈からの強い北風が吹き下ろして来る。

内モンゴル地方から下りてきた零下30度の寒気団のために、燕山山脈山麓は真冬の厳寒に襲われていた。

気象観測隊の天気予報では、今夜から明日夕方にかけての天候は吹雪。天候の悪化のため、日米空軍や攻撃ヘリの支援は不可能となった。敵にとっても条件は同じだ。

部隊長の江屛山上校と主任参謀の邵衛平少校は横殴りの地吹雪の中、戦闘指揮通信車から降り立ち、双眼鏡で前方の谷間を眺めていた。

吹雪のため視界はきわめて悪く、ゼロに近い。それでも風の合間に、視界が開け、幹線道路が山間にさしかかる付近で、白煙と黒煙の入り混じった噴煙が吹き上がるのが見えた。

擲弾筒の爆発音や機関銃の連射音が風に乗って、とぎれとぎれに聞こえてくる。

満洲軍第4軍の前に立ち塞がったのは、敵第65軍の3個歩兵師団だった。

いずれも地元河北省や内モンゴル自治区で編成された軽歩兵師団で、特に第11歩兵師団は燕山山脈の地形に明るく、山岳戦に慣れていた。

だが、この吹雪だ。軽歩兵部隊は移動手段の装甲兵員輸送車など少数しか備えていないから、吹雪が来ても暖房の効いた車内に避難できない。

そのため、彼らは凍てついた土を掘り、塹壕や土嚢陣地を造って、その中に潜んで吹雪をやり過ごしていた。

攻める満洲軍第4軍は、機械化歩兵師団1個、自動車化歩兵師団1個、軽歩兵師団2個の4個師団から編成されている。

機械化師団と自動車化師団が機動性を持っている一方、同伴する軽歩兵師団はいずれも山深い吉林省で編成された部隊で、冬季の山岳戦にも慣れている。

満洲軍第4軍の中で、先陣を切ったのは第4機械化歩兵師団だった。

第4機械化師団が先行して前線を強行突破し、その後を第8自動車化師団が支援しつつ追う。

さらに、その後からトラックや貨物列車に分乗した第79師団と第144師団が、第4軍のしんがりとなって敵を随時掃討しながら、追撃するという陣形だ。

第４機械化師団は、峠に布陣していた敵第65軍第11歩兵師団を、昨日から二日がかりの激戦の末に撃破した。敵陣を蹂躙し強行突破した。

後背の燕山山麓には敵第65軍の第23歩兵師団と第６歩兵師団が進出して、縦深深く二重三重に防御陣地を築いていたが、陣地構築の時間が足りなかったと見え、塹壕は浅く、バリケード、鉄条網などの障害物もそれほど頑丈な造りではなかった。

第４機械化歩兵師団は装輪歩兵戦闘車と装輪装甲兵員輸送車が主体だったが、機動戦を展開して敵の防御陣地を随所で打ち破った。

一度突破口が出来たら、そこへ戦車を投入し集中的に攻撃をかける。その繰り返しで、敵の頑強な防御線を突破して来た。

山麓を覆った雪原には地吹雪が粉雪を舞い上げていた。

縦列隊型で並んだ歩兵戦闘車や装甲兵員輸送車は雪を被り、まるで白い塗料でカモフラージュしたかのようだった。

幹線道路の脇の雪原には、五、六輌ずつ横隊になった90式戦車が白い雪煙を巻き上げながら前進している。

１２５ミリ戦車砲が猛然と火を吹き、前方の谷間の斜面にいくつもの白煙を上げていた。その砲撃の凄まじい轟音も吹雪の風に吹き消されてしまう。

やがて、その戦車隊が戦車砲を射つのを止めた。谷間の方角で起こっていた銃声や爆発音もやがて消え、吹雪の風音だけになった。

　前衛の部隊が戦車隊の支援の下、幹線道路に築いたバリケードや障害物を爆破撤去し、そこにいた敵の部隊を駆逐したらしい。雪の切れ間に、白いカモフラージュ野戦服を着た兵隊たちの動く様が見える。

　無線通信兵が吹雪に負けない大声で告げた。

「部隊長、先遣中隊から報告です。敵陣地を制圧とのことです」

「よし。ご苦労。損害は？」江上校がきいた。

「戦死者が二、三名、負傷者が何人か出ているそうです。投降した捕虜が五、六名ほどいるとのことです」

「負傷者は後方に下げろ。捕虜は師団本部に送れ。捕虜の中に将校はいるか？」

「上尉が一人、いるとのことです」

　江屏山上校は双眼鏡を下ろした。

「よし。捕虜の上尉はこちらへ送れ。私が直接尋問したい」

　通信兵は無線機に江上校の指示を伝達した。

　邵少校は江屏山上校にいった。

「部隊長、急ぎましょう。ぐずぐずしていて、敵に態勢を立て直させないことが大切です。まま押して押して押しまくる。敵は軽歩兵部隊です。

我が軍が前線を突破して、縦深深く突入しても、輸送手段がない敵は我が軍を追撃できない。しかも、下手に追撃しようとすれば、後続部隊と我が部隊に挟撃されることになる」

「しかし、この吹雪だ。それに夜になる。ますます視界が悪くなるぞ。敵も動けないだろうが、我が軍も、このまま前進するのはむつかしいのではないか？」

「敵が動けないからこそ、我が軍はこの吹雪を利用して、このまま前進を強行するのです。隊の先頭にはＧＰＳ搭載車両を配置しましょう。ＧＰＳさえあれば、吹雪でも道に迷うことはない。ＧＰＳ搭載車両を何台も列ねて進めば迷うことはないと思います。

後続の全車両の運転手には、サーマル・イメージ（熱線映像）装置を装着させ、前の車両と一定の車間距離を置いて追走する。そうすれば前の車両を見失わず、追突もせずに前進できるでしょう」

邵少校の意見に江上校はなるほどとうなずいた。

ＧＰＳは米陸軍から急遽供与された「全方位位置測定システム」だ。ＧＰＳは夜間にも移動できるように、各小隊長の車両に備え付けてある。サーマル・イメージ装置も米軍から供与された装備だった。

「よし分かった。通信兵、各小隊長に指令を出せ。ＧＰＳ搭載車両を先頭に、前進せよと命令しろ」

江上校は傍らの無線通信兵に命じた。

無線通信兵は復唱し、無線機で各小隊に命令を伝達した。

直ちに機械化部隊の縦隊に動きが起こった。何両かの歩兵戦闘車が縦列から道路脇に出て、各小隊の先頭に出るのが見えた。

やがて、先頭の方角から風に乗って、ぴりぴりという呼び子の音が鳴り響いた。

道路に縦隊隊型で止まっていた歩兵戦闘車や装甲兵員輸送車の隊列は前の方から順次、ゆっくりと動きだした。

雪原に散開していた戦車隊も、横隊から二列縦隊に隊形を直した。

戦車隊も雪を蹴って進みはじめた。日が落ちたらしく、あたりはさらに暗さを増している。

戦車や歩兵戦闘車の点ける前照灯の明るい光が吹雪を照らし出していた。

「よし。われわれも乗り込んで前進しよう」江上校が邵少校にいった。

防寒野戦戦闘服を着込んだ中士（軍曹）が、戦闘指揮通信車の後部扉を開けた。

江上校と邵少校は通信兵を連れて、指揮通信車に乗り込んだ。中士が扉を閉めた。

指揮通信車の中は先遣部隊付きの作戦幕僚たちが無線で連絡を取っていた。邵少校と江上校は防寒野戦戦闘服の前を開け、防寒手袋を脱ぎ、防寒用耳当てを外した。車内はヒーターで暖かくなっていた。

　がくんとショックがあり、指揮通信車は動きだした。

　指揮通信車は装輪装甲兵員輸送車ＷＺ５５１を改造して、通信機器を搭載していた。部隊指揮官が車上に乗ったまま、部隊を直接指揮できる利点がある。

　車内のテーブルに作戦地図が拡げられていた。通信参謀の上尉が邵少校と江上校に告げた。

「師団本部から連絡がありました。後続の自動車化部隊が追いつき、我が部隊最後尾の直後にいます。いつでも前方に出て支援攻撃ができるとのことです」

「よし。師団本部に連絡。こちらは敵の前線突破に成功した。これから、我が先遣部隊は興隆を目指して驀進を開始する」

　江上校が作戦地図の興隆への道筋を指で辿りながらいった。

　通信参謀の上尉は復唱し、無線機に向かった。邵少校はうなずいた。

「霧霊山麓を抜ければ、あとは興隆まで幹線道路を辿ればいい。敵はまさかこの吹雪では進撃を止めるだろうと油断して、まだ橋やトンネルを壊していないでしょう。たとえこちらの動きが分かっても、彼らはすぐには動けないでしょうから、我が軍は興隆までかなりのスピードで進撃できると思います」

「よし。前進だ。雪原の敵中突破だ」

江上校は高らかに笑った。

満洲軍第4軍第4機械化師団はますます激しくなる吹雪をものともせず、幹線道路を興隆に向かって驀進しはじめた。

6

東北第二戦線　興隆郊外　12月16日　0530時

興隆市は周囲を高い山々に囲まれた盆地にある。山嶺は雪で真っ白だった。秦の時代の頃から、北京と北方の地を結ぶ交通の要衝として栄えた交易の町だ。

まもなく夜が明ける。東の空が明るくなっていた。

一昨日から降り続いている雪もようやく止んだ。興隆の市街地を取り囲む山々は雪に覆われ、真っ白になっていた。

平地の積雪はおよそ四〇センチメートルだったから、降雪量の多かった山間部は軽く一、二メートルは越える積雪だったろう。まだ雪雲がどんよりと低く空に垂れ込め、地吹雪を起こすような強い北風が吹き寄せていた。

そんな悪天候の中を進撃して来た満洲軍第2軍の第3独立機甲旅団と第2機械化師団の戦車隊は興隆の手前5キロメートル地点付近で、敵の強力な防衛線に遭遇した。敵は第24軍の機甲師団と見られ、満洲軍を上回る台数の99式戦車と90式戦車、それに多数の歩兵戦闘車を投入して来た。

徐延利上尉率いる満洲軍第3独立機甲旅団第2戦車中隊は右翼攻撃隊として、幹線道路の右手にある険しい丘陵を北に迂回し、峠を越えたところで、山麓の雪原の中に隠れていた敵戦車隊の待ち伏せに遇った。

戦車戦は「先制発見、先制攻撃」が、生死を分ける。

徐上尉率いる第2戦車中隊は、もともとは中隊本部2両と3個小隊36両の合計38両から編成されていたが、これまでの連日連夜の連戦で、中隊本部2両と2個小隊24両の合計26両に減っていた。

第2戦車中隊は二列縦列の隊型で峠を越え、雪原に走り出たところ、突然、横手から125ミリ戦車砲の一斉射撃を受け、同時に正面からは対戦車ミサイル・サガーの攻撃にさらされたのだった。

正面と側面からの先制攻撃のため、第2戦車中隊はたちまち半数近い10両を撃破され、大混乱に陥ってしまった。

第2戦車中隊は煙幕を張り、その陰に隠れて後退を開始した。

徐上尉の戦車は運良く敵の砲撃を免れた。峠に戻ろうとしたが、すでに峠付近の丘陵には敵の戦車の姿があった。残るは味方の機甲旅団本隊が展開する方角に逃げるしかなかった。

連続して砲弾の爆発が起こった。土砂混じりの雪が派手に空中に舞い上がる。広々とした大雪原を敵の戦車隊が猛然と横隊になって突撃してくる。走りながら、99式戦車の砲塔の125ミリ滑腔砲が火を吹いた。

味方の90式戦車や歩兵戦闘車に戦車砲弾が命中し、つぎに粉砕されていく。逃げ遅れた味方の戦車はつぎつぎに125ミリ戦車砲の餌食になった。ようやく戦車中隊が雪原の中程まで逃げ延びた時には、とうとう8輌にまで減っていた。

徐上尉は中隊本部の2輌と第1小隊長・李中尉の戦車の3輌をしんがりにして、部下たちの戦車の撤退を助けた。

最後尾につき煙幕弾を発射して黒い煙の幕を張る。その一方で105ミリ戦車砲を発射し、煙幕から出てくる敵戦車を迎撃した。何発かは敵戦車に命中したが、105ミリ砲弾では増着装甲板を貫くことはできず、敵戦車を撃破することはできなかった。

徐上尉は無線機のマイクに怒鳴るようにいった。

「砲兵隊司令部、座標291と292へ砲撃を至急に頼む。敵戦車隊が攻撃している。至急に叩いてくれ」

『了解、了解。座標確認』

徐上尉は真っすぐに突進してくる戦車を見据えた。

「砲手、二時の方角に敵戦車！　狙え」

徐上尉は砲塔のキューポラから戦車内に身を引き込みながら怒鳴った。砲手が砲塔を回し、二時の方角に105ミリ砲を向ける。

「射て！」

徐の号令と同時に、砲手の郭中士が発射ボタンを叩いた。轟音が起こり、車体にショックが起こった。

火薬の燃える臭いがツンと鼻についた。空の薬莢が排出され、床に転がった。

発射した砲弾は横隊で突撃してくる敵戦車の一台の砲塔に命中したが、短冊のように着けた増着装甲を弾き飛ばしただけだった。一瞬、敵戦車はたじろいだ様子だったが、すぐさま125ミリ滑腔砲を発射した。

「左に回れ！」徐上尉は怒鳴った。

キャタピラが空回りし、突然、車体ががたんと斜めに傾いた。125ミリ砲弾が砲塔の装甲板をかすめて過ぎてから着弾し爆発した。車体は斜めになったままになった。砲塔の戦車砲が上向きになり、敵戦車に照準できない。

「どうした？　杜中士！」

徐上尉は操縦手の杜中士に怒鳴った。

「川です！　川が凍っていて、それと分からず突っ込みました」

雪に埋もれた河川にずり落ちたのだ。薄く凍った川面に雪が積もり、川が隠れていた。

徐上尉はキューポラから顔を出した。ほかの味方の戦車も川の土手を下ったところで立往生をしている。

車長が這い出し、排気管にシュノーケルを着けようとしている。徐上尉は後を見た。敵戦車が迫っていた。間に合わない。

ぐずぐずしていれば敵戦車隊が追いつくだろう。川を渡る戦車は格好の標的になってしまう。シュノーケルなど装着する時間はない。

味方の砲撃が始まった。

雪原にどんどんと砲弾が着弾し、雪煙を上げ、敵戦車を破壊しはじめた。だが、このまま川岸に止まっていると、自分たちにも味方の砲弾が降ってくる。

「いかん。急げ。エンジンを吹かして、川を強行渡河するんだ」

「車長、川の深さが分からない。もし、車高よりも深かったら沈んでしまいます」

「その時は、その時だ。突破しろ！」

徐上尉は怒鳴り返した。

一か八かだった。90式戦車は浮航性能こそないものの、シュノーケルを着ければ潜水して川底を渡ることができる。防水性も高い。

もはや、シュノーケルを装着する暇はない。躊躇する余裕はなかった。

徐上尉はハッチを閉めて、素早く内側から防水ロックした。

「隊長から、全車へ。シュノーケルなしで渡河する。俺に続け！」

徐上尉は無線で部下たちに告げた。

「よし。行きます」

杜中士がギアを前進に入れた。エンジンを思い切り吹かしながら、速度を上げる。

戦車の車体が氷を割り、水中に潜り込む音がした。徐上尉はハッチの把手を握った。

砲手の郭中士や装塡手の趙下士が緊張した面持ちで外の気配に耳をそばだてた。

「戦車砲を上げろ」徐上尉は砲手に命じた。

戦車の砲塔付近まで水に浸かった。戦車は勢いをつけたまま河底を走る。車体の底から河床の岩や石を踏み砕く音が聞こえる。車体のどこにも浸水の気配はない。

「よし。その調子だ。無事に行ってくれ」

徐上尉は祈る思いだった。

その間にも水を通して、凄まじい爆発音が連続して聞こえ、地響きがする。味方がやられているのではないか。徐上尉は唇を嚙んだ。川の中を通過している間は、何も反撃できない。

水から上がる気配があり、ようやく戦車は川を渡り終えた。戦車は車体を斜めにして、土手を登った。操縦手の杜中士はエンジンを空吹かしして、排気管に侵入した水を吐き出した。

「発射用意」「発射用意」

徐上尉は急いでキューポラのハッチを押し開け、対岸の雪原を見た。

距離一〇〇メートル。

敵戦車隊は川の間近にまで迫っていた。対岸の雪原に何十何百発もの砲弾が着弾し、土砂混じりの雪を噴き上げた。味方の支援砲撃に、さすがの敵戦車隊も回避運動をはじめた。間にも、味方の砲弾が敵戦車に命中し、一台、また一台と撃破していく。

川面に目をやった。部下たちの戦車五輌が川に砲塔を半ば沈め、こちら岸にまで必死に渡ってくる。

「煙幕弾発射！」

徐上尉は叫びながら、何発も煙幕弾を川面に発射した。煙幕弾が飛び、川面に黒煙が棚引きはじめた。

「掩護射撃」徐上尉は砲手に怒鳴った。

「射て！」

耳をつんざく砲声が起こった。車体が震えた。前方の戦車の足元に砲弾は命中し、キャタピラを粉砕した。

このままでは、敵戦車隊が一斉に渡河して来るだろう。そうなったら、渡河途中の敵戦車を狙い射ちだ。

味方の戦車は煙幕に隠れて、つぎつぎとこちらの岸まで辿り着いた。

「全車へ、敵に川を渡らせるな。よく狙って射て」

徐上尉は無線で部下たちに命じた。

突然、敵戦車隊は川の手前まで突進して来たかと思うと、一斉に進攻方向を変え、来た方角に戻りはじめた。

退却するのか？

徐上尉は信じられず、目を疑った。自分だったら、戻らず川を越えて追撃を続ける。

『5号車から隊長車！』

小隊長の施中尉の声がヘッドフォンから聞こえた。

「どうした？」

『二時の方角に、新たな敵戦車軍団！』

「なに？」

徐上尉はキューポラから身を乗り出し、二時の方角に目をやった。雪に覆われた丘陵地帯に点々と無数の戦車や歩兵戦闘車が散開して突進してくる。

そうか、と徐上尉は思った。敵は新たな戦車隊に合流して態勢を立て直し、攻撃してくるつもりなのだ。

新たな加勢は数百輛を下らない。対岸に展開する敵戦車隊も百輛を超えるから、新たな戦車隊を加えると四、五百輛の大軍団だ。

いま右翼攻撃隊の第2戦車中隊は6輛しか残っていない。迫ってくる敵戦車の大軍団にはとうてい対抗できる兵力ではない。

徐上尉は唇を噛んだ。

『…から、満洲軍第3機甲旅団へ！　応答されたし』

突然、ヘッドフォンに無線通信のコールが入った。徐上尉は急いで無線マイクのボタンを押した。

「こちら満洲軍第3機甲旅団、第2戦車中隊長、徐上尉。貴隊は？」

『こちらは第4機械化師団第1戦車大隊！　味方だ。興隆戦線に到着した。これより貴隊を支援し、敵戦車隊を攻撃する』

「了解。貴隊の支援に感謝する」

とうとう第三戦線の満洲軍第4軍が敵の防衛線を突破して、第二戦線の満洲軍第2軍の支援に駆け付けたのだ。これで興隆攻略戦は、明らかに我が方に有利になった。

徐上尉は双眼鏡で雪に覆われた丘陵を見た。新たに現われた戦車隊は、いずれも戦車のアンテナに満洲軍の印である四色の小旗を掲げていた。味方の第4機械化師団の戦車は走りながら、敵戦車や歩兵戦闘車に砲撃を加えた。その背後から、歩兵戦闘車や装甲兵員輸送車が大挙して現われた。

味方の砲撃は続いていた。

敵戦車隊は損害が大きくなったため、破壊されて擱座した戦車や歩兵戦闘車をそのまま戦場に残して興隆の方角に退却して行った。

砲手の郭中士や装塡手の趙下士が歓声を上げて喜び合い、杜中士と手を叩き合った。

徐上尉は無線マイクにいった。

「砲兵隊司令部、砲撃を中止されたし。第三戦線の味方が駆け付けた」

『了解、砲撃を中止する』

砲兵隊司令部の応答が聞こえた。

満洲軍第4軍第4機械化師団の戦車隊と歩兵戦闘車の大群が、退却する敵の戦車隊に襲いかかるのが見えた。敵戦車が一台、一台と砲撃や対戦車ミサイルで破壊されていく。

徐上尉は双眼鏡で、その様子を見ながら、ほっと安堵の溜め息をついた。

「隊長から2中隊全車へ。生存者は応答せよ。各小隊長は損害報告せよ」

徐上尉はマイクにいった。やがて、つぎつぎに応答が入りだした。いずれも敵戦車砲の直撃を受けて、戦車を破壊されたものの、燃える戦車から脱出して生き残った部下たちだった。

「これから、救援に戻る。小旗を立てて待機せよ」

徐上尉は無線機にいった。今度は各小隊からの報告が入った。

『1小隊から中隊長へ。1小隊の損害は9輛。搭乗員の戦死者多数。残存車輛3輛』

『2小隊の損害は9輛。残存車輛3輛』

残っている戦車は中隊本部の2輛を含めて、わずか8輛になってしまった。徐上尉は頭を振った。これでは1個小隊を編成するにも戦車の数が足りない。

『本部から2中隊長へ』

徐上尉は急いで無線のボタンを押した。旅団本部からだ。

「2中隊長、どうぞ」

『本隊主力は敵防衛線を突破した。なお興隆へ敵を追撃しながら前進する。2中隊の状態は如何?』

「2中隊から本部へ。我が隊は敵の待ち伏せ攻撃を受け、戦車18輛を失い、戦闘員多数が戦死する多大な損害を受けた。現在、残存車輛は8輛。報告終わり」

徐上尉は周囲を見回した。こちらの岸には6輛の戦車が勢揃いしていた。対岸に生き残った数輌が雪を蹴立てて、敵を追撃している。

『本部了解。２中隊は第４機械化師団の支援を受け、興隆を目指して進撃せよ』

「了解」

徐上尉はキューポラから身を乗り出し、大きく手を振って前進の合図をした。

夜は完全に明け、眼前には広大な雪原が拡がっていた。まだ戦闘は終わっていない。

退却する敵に向かって、第２戦車中隊の８輌の戦車は雪を蹴立てて前進を開始した。

7

北京南部防衛軍区天津地区　12月16日　1730時

灯火管制が敷かれた天津の市街地は、夜の帳に覆われようとしていた。

ちらついていた雪はほとんど上がり、旧商店街の通りは人気もなく静まり返っていた。その通りは天津軍区の陸軍基地に隣接していた。

基地には連日連夜の爆撃があり、街の住民たちは、いつ何時爆弾が降ってくるか分からない恐怖に怯え、戦火を避けて他所へ避難していた。

街並は残っているが、人の住まないゴーストタウンになっていた。

一台のセダンが狭い裏道路から出てくると、旧商店街の通りに入って右折し、道路端にゆるゆると停車した。

運転席に座った羅少佐はサイドブレーキを引き、エンジンを切った。革手袋を脱ぎ、助手席の下に手を伸ばし、掛けてあったボロ布を取り、遠隔装置のスウィッチを入れた。赤いスモール・ライトが点灯した。

赤い光が見えないように、ボロ布を元に戻した。

羅少佐は運転席に座ったまま、通りの暗がりに目を凝らした。二人の公安員（警察官）が懐中電灯を手に舗道をやってくる。公安員たちは羅少佐の車に気づいた様子で、懐中電灯の明かりを向けた。

羅少佐は煙草を銜え、ダンヒルのライターで火をつけた。公安員たちはバンの運転席の窓ガラスに懐中電灯の明かりを向け、羅少佐の顔を照らした。

「ここは駐車禁止なんだがな」

「用事がある」羅少佐は静かに答えた。

「用事だと？　あんたは？」

「窓を開けろ。身分証を見せろ」

二人の公安員は怪しみ、車の窓を叩いた。

羅少佐は煙草の煙を吹き上げながら、窓ガラスを開けた。黒革のコートの内ポケットに手を入れ、身分証を出した。公安員の一人が身分証を手に取り、懐中電灯の明かりにかざした。

「失礼しました。少校（少佐）どの」

公安員たちは羅少佐に敬礼した。羅少佐は鷹揚に答礼した。

「何か、あったのですか？」

「我々には何の情報も入っていませんが、何かお手伝いすることがありましたら」

公安員たちは口々にいった。

「いや。いい」

羅少佐は行けという仕草をした。

二人の公安員はうなずき立ち去った。羅少佐は二人の姿が暗がりに消えて、見えなくなると、ダッシュボードから暗視スコープを出し、通りの先を見た。暗視スコープを覗くと通りが青白く見える。

百メートルほど先の交差点に大型輸送トラックが駐車しているのが見えた。

羅少佐は煙草の煙を吸いながら、腕時計に目をやった。そろそろ時間だ。

耳に差したイヤフォンから男の声が聞こえた。

『標的が基地のゲートを出た』

羅少佐は煙草を灰皿に押し潰した。暗視スコープで通りの先に目を凝らした。

やがて背後から装甲兵員輸送車の青白いヘッドライトが見えた。装甲兵員輸送車に先導され、一台の黒塗りの高級セダン「紅旗」が続いている。

護衛の装甲兵員輸送車の銃座には兵士がついて、12・7ミリ機関銃を通りに向けていた。装甲兵員輸送車の中には、完全武装の兵士が搭乗している。

『まもなく交差点に向かう』

旧商店街の通りは北京南部防衛軍司令部天津指揮所の通りにつながっていた。「紅旗」は、その天津指揮所の方角から出てきたのだ。「紅旗」の前部の小さなポールには将官旗がはためいていた。

羅少佐は脇を通る一行にちらりと目をやった。

「紅旗」が通り抜ける時、羅少佐は「紅旗」の後部座席の人影がふたつあるのを確認した。

「紅旗」の後には軍用小型トラックが続いた。そのトラックにも完全武装の兵士たちが満載されていた。

「紅旗」の一行が通過してから、羅少佐は助手席の下の遠隔装置を取り出し、助手席の上に載せた。

暗視スコープで、一行の行方を追った。

装甲兵員輸送車があたりを警戒しながら、交差点を越えた。続いて「紅旗」が交差点を越え、駐車したトラックの脇に差し掛かった。

羅少佐は遠隔装置のスウィッチを入れた。一瞬、トラックの荷台が跳ね上がったように見えた。閃光が迸った。大音響を立ててトラックが爆発した。

閃光で通りが真昼のように明るくなった。爆風が周囲のものを薙ぎ倒した。炎が吹き出て、通り掛かった「紅旗」を包んだ。「紅旗」は一瞬の後、吹き飛ばされて商店街の建物に激突して大破した。

装甲兵員輸送車の後部扉が開き、兵士たちが飛び出して来たが、炎に包まれた「紅旗」の周りを取り囲み、茫然と見守るだけだった。

羅少佐はエンジンをかけた。バックにギアを入れ、後方に下がり、路地にお尻から入った。その後、前進にギアを切り替え、十字路とは反対の方角に走りだした。

8

東北第一戦線（北京東部戦線）　通県市郊外　12月16日　1800時

黄昏があたりを覆った。

夜になり、敵の攻撃はますます激しくなっていた。

総参謀部から急遽東部戦線指揮所に駆け付けた黄子良上校は、戦況のあまりの悪さに愕然としていた。

通県の市役所地下に置かれた東部戦線指揮所には、第38軍総司令員の明敏上将をはじめ作戦参謀たちが詰め掛け、前線の部隊へ命令を出したり、報告を受け取っていた。

最も痛手だったのは、唐山にいた第38軍麾下の第2機甲師団を豊潤防衛のために派遣したところ、敵日米輌空軍の空爆と、それに続く攻撃ヘリ部隊によって、徹底的に叩かれてしまったことだった。

第2機甲師団は豊潤に到達できなかったばかりか、敵の猛反撃に後退を余儀なくされ、ついに三分の二以上の戦車や歩兵戦闘車を失うという大打撃を受けてしまった。

いまでは残存戦車はわずか50輌という大隊規模にまで縮小してしまった。

満洲軍第1軍と第5軍は機甲部隊を先頭に、豊潤の防衛線に穴を開けたかと思うと、北京への鉄道路を辿り怒濤のような進撃を開始した。沙流河、亮甲店、さらに要衝・玉田に敷いた防衛線も一日のうちに突破された。

敵軍はその後も少しも休まず西進して、螺山の防衛線を撃破、昨日には天津市北部に突入、別山、殷溜、邦均の町をつぎつぎに落として、とうとう河北省の飛び地にある三河市の東を流れる洵河東岸にまで達していた。

北京市行政地区の手前35キロメートル。北京市中央までの距離では、およそ65キロメートルだった。

敵軍がこれまでの進撃速度で進めば、わずか二日で北京市中央に到達することになる。事態を重く見た黄上校は、急いで総参謀部の秦上将と連絡を取り、敵が洵河の渡河に手間取っている間に、北京市と河北省の飛び地との境を流れる潮白河沿いに、東部防衛軍と援軍を集結させて、絶対防衛線にすることを決めた。

作戦地図を囲み、黄上校は潮白河に黒々と墨でラインを引いた。そこに第28軍の二個師団、第26軍の二個師団を配置するように書き込んだ。

加えて、戦略予備の第63軍の一個師団も駆け付ける。その絶対防衛線を完成させるまで、第38軍の第2機甲師団の残存兵力、第9機械化師団と第14自動車化師団、さらに第28軍の第279軽歩兵師団、第26軍の第244軽歩兵師団に奮戦させ、敵の進撃を少しでも食い止める作戦だ。

作戦会議室に通信参謀の少校が駆け込んだ。

「閣下、9機械化から緊急連絡です」

通信参謀の少校が明総司令員に報告した。黄上校は明総司令員の傍らにいて、報告を聞いていた。

「なんだというのだ？」

「攻撃ヘリの支援を受けた敵機械化部隊、機甲部隊が三河市郊外の我が防御線へ総攻撃をかけて来たとのことです。残念ながら、防衛線を三ヶ所で突破されたとのことです」

「なんだと！　三河市のラインも突破されたというのか？」

「はい。そのため防衛線は総崩れになり、いまや維持できません。9機械化は援軍を要請して来ています。攻撃ヘリを食い止める防空部隊を寄越してほしい、とのことです」

明総司令員は黄上校と顔を見合わせた。

防空部隊は最終絶対防衛線に引き揚げさせているところだった。

その防空部隊とて、ミサイル不足と弾薬不足で、北京の総後勤部に補給を要請しているところだった。

「いまのところ防空部隊は出せないと、9機械化本部に返答しろ。現状兵力で、なんとか対応しろというんだ」

「分かりました」

通信参謀は引き揚げて行った。

「黄上校、南部から防空部隊を回せないか？」

「天津には、いつ何時敵が上陸して来るか分からないので」

「分からない敵を待つよりも、いま現実に迫る敵に対処するのが先だろう」

「分かりました。確かにその通りですね。すぐに秦上将に掛け合ってみましょう」

「大至急に頼むぞ」

明総司令員はうなずいた。また慌ただしく通信室から連絡将校の中尉が駆け込んだ。

「司令員閣下、279師本部から至急電です。退却の許可を求めてきています」

「なんだと？」

明総司令員は作戦地図を覗いた。

第279師団は三河市の南10キロメートル付近にいて、洵河西岸に陣を張り、敵第5軍の別働隊を食い止めているはずだった。

「敵は単なる歩兵師団でなく、師団規模の機械化部隊で、空軍の支援攻撃が凄まじく、ほぼ全滅の危機に瀕しているとのことです。師団長は戦死、参謀長も重傷を負い、後方の野戦病院に収容されました。現在は副師団長が指揮を執っています。副師団長は撤退の許可を要請しています」

「ならん。現在地を死守しろと厳命してるはずだ」

明総司令員は怒鳴りつけた。連絡将校の中尉は電信文を持ったまま軀を硬直させた。

黄上校は明総司令員にいった。

「閣下、このまま死守させて279師団を全滅させるより、撤退を許可し、敵への遅滞活動をしながら、潮白河の防衛線にまで後退させ、味方に合流させた方がいいかと思いますが。それでなくても絶対防衛線の兵力は不足気味です。残っている兵力をできるだけ集めた方がいいと思います」

「そうかね？　戦意を喪失した部隊をいくら防衛線に集めても役に立つとは思えないのだが」

明総司令員はぎろりと鋭い目を黄上校に向けた。

「閣下、師団長、参謀長を失うという戦いをした279師団は、それだけでも十分に勇猛だと誉められる資格があると思います。勇将の下に弱卒なしです。むしろ、279師団の健闘を讃え、負け犬になる前に、後方に下げて部隊を再編成すべきでしょう」

「うむ。分かった。たしかに考えようだな。279師団はよく戦った。副師団長にいえ。退却してよし。遅滞活動をしながら、潮白河の西岸まで後退しろ、と伝えろ」

「そう伝達します」

中尉は駆け足で通信室に戻って行った。

東部防衛軍参謀長の張大校が黄上校に歩み寄った。

「黄上校、どう見ても、潮白河防衛線は機械化部隊や戦車部隊が不足気味だ。敵の侵攻を食い止めるには、やはりいま天津や南部にはりつけてある機械化や機甲をこちらに回せないかな」

「そうですね」黄上校は図上の配置図を睨んだ。

天津地区や北京南部地区の防衛軍には余力がほとんどない。あるとすれば、戦略予備として華南派遣軍から急遽引き揚げている南京第1軍だ。

まだ南京第1軍は済南に到着はしてないが、1週間のうちには、主力の機甲部隊や機械化部隊が済南に入る。

南京第1軍の防空部隊だけは先に済南に入り、さらに天津軍区に移動する手筈になっていた。そうなれば、天津地区の防空部隊にはやや余力が出る。

一週間のうちには、まだ敵も天津上陸は行なわないだろう。その間でも天津地区の防空部隊を第一戦線に移動し、潮白河防衛線に投入することは可能かも知れない。

「秦上将に、それもかけあってみましょう」

黄上校は北京総参謀部と結んだ直通回線の電話機を取り上げた。受話器を耳にあてた。呼び出し音が鳴り響き、すぐに連絡将校が出た。

「黄上校だ。秦上将閣下を頼む」

『上校！　秦上将閣下の乗った乗用車が天津で爆弾テロに遭い、爆破されました！』

「なんだって！　秦上将閣下は大丈夫か？」

黄上校は思わず大声で怒鳴った。

明総司令員も張参謀長も緊張した面持ちで黄上校を見た。

『それが消息不明なのです。一緒に同乗していた賀堅少将閣下もおそらく爆死…！

黄上校、楊大校と代わります』

「ああ、頼む」

黄上校は受話器を持ち直した。

『ああ。私だ。黄上校、緊急事態だ。秦上将閣下は爆死された！』

「賀堅少将閣下もご一緒だったと聞きましたが」

『うむ。賀堅少将も、おそらく死んだだろう』

「どこで？」

『天津の前線指揮所の視察に行って、その帰り道で待ち伏せされたらしい』

「いったい、誰の仕業だというのか…」

黄上校は口籠もった。

『誰の手によるのかは分からん。情報部の汪石大校と国家安全部に大至急に調査を命じてある。汪石大校によれば、潜入した敵のテロリストの仕業だろうとのことだ』

黄上校はこれまで張り詰めていた気持ちが崩れ去るのを感じた。民族統一救国将校団は秦上将あっての組織だった。秦上将は理論的な指導者であると同時に黄上校たち青年将校たちの精神的な支柱でもあった。その支柱の秦上将が殺されたというのか！

『黄上校、大至急にこちらへ戻ってくれ。これからのことについて、みんなと相談したい』

「分かりました。すぐに戻ります」

黄上校は電話を切り、茫然とした表情をしていた。

「黄上校、秦上将閣下に何かあったというのか？」

明総司令員が黄上校を見た。黄上校は我に返り、うなずいた。

「爆殺されたらしいのです。今後のこともあります。至急に総参謀部に戻ります」

「うむ。こちらへの増援の件も忘れずに頼むぞ。事態は差し迫っているのだからな」

明総司令員は黄上校の肩を励ますように叩いた。

9

東京・総理官邸　12月17日　午前2時

浜崎首相は、夢の中で、非常ベルが鳴り響くのを聞いた。

それが次第に電話の呼び出し音だと分かるまで、しばらく時間が必要だった。

薄ぼんやりと明るい部屋の中で、壁の時計の針は二時を指していた。

こんな深夜に掛かってくる電話は、きっとまた悪い報せに違いない。

浜崎はため息をついた。ベッドから手を伸ばし、サイドテーブルの卓上電話の受話器を取った。

「浜崎だが」

『総理、こんな真夜中に起こして申し訳ありませんが、緊急にお知らせせねばならないことが起こりました』

ＮＳＡの松元長官の声だった。

「何が起こったのだね？」

浜崎は胸に手をやり、どんなことがあっても驚かないと自らに言い聞かせた。

『北京中央で、またクーが起こったようです』

「ふむ。それで」

『秦平上将らが爆殺されたとのことです』

「秦平上将が。それはいいことなのか？　それとも悪いことかね？」

『我々が極秘に工作していた和平工作が頓挫します』

「なんだと？」

『実は、秦平上将と一緒に参謀長の賀堅少将が殺された模様です。この賀堅少将が、我々の和平工作を進めるにあたってのキイパーソンでした。賀堅少将が、秦平上将を説得して、和平交渉を行なわせようとしていたのです』

「成功していたのかね？」

『はい。秦平上将は、賀堅少将の和平提案、すなわち我々が提示していた和平案を飲み、交渉の座に着こうとしていたのです』

「では、秦平上将たちを爆殺したのは、継戦派の将校たちということか？」

『はい。楊大校ら過激派将校団が、新たに北京の権力を握ったことになります』

「なんということだ」

『秦平上将には、こうあることを事前に警告する暗号メールを送っていたのですが、彼には届かなかった模様なのです』

「まずいな。どうなるのだ？」

『和平工作は振り出しに戻ったといっていいでしょう』

「ううむ。参ったな。松元長官、なにか方策はないのか？」

『残るは非常手段しかないかもしれません』

「非常手段だと？」

『それは、電話ではお話しできません。夜が明けましたら、官邸をお訪ねします。そのときにご説明いたします』

「ううむ。分かった」

電話は切れた。

浜崎はしばらく受話器を手にしたまま、闇の中を睨んだ。

一難去ってまた一難か。

浜崎はサイドテーブルに置いた睡眠薬に手を伸ばした。

少しでも眠っておきたい。そう思いながら、錠剤を水で飲み込んだ。

10

電話のベルが鳴った。

羅少佐ははっとして目を覚ました。

電気スタンドの明かりを点け、腕時計に目をやった。午前四時過ぎだった。まだ夜明けにもなっていない。ベッドから電話機に手を伸ばし、受話器を耳にあてた。

「…」

相手は無言だった。羅少佐は耳を澄ました。

受話器を通して、砲声や空爆の音が聞こえる。ケータイからの電話だ。

「誰だ？」

羅少佐は圧し殺した声できいた。

相手は黙って電話を切った。羅少佐は身を起こし、受話器を戻した。ふと、嫌な予感がした。

居るか居ないか、所在を確かめる電話だったのではないのか？

羅少佐はがばっと跳ね起きた。

明かりを消した。手早くズボンを穿き、シャツに腕を通した。窓辺に寄って通りを見下ろした。

灯火管制を敷いた通りは、真っ暗な闇に包まれていた。それでも、おぼろげにだが、車が停まっているのが見えた。昨夜はなかった車だ。

小型の軍用トラックもある。トラックから数人の人影が現われ、闇に隠れながら、こちらにやってくる。敏捷な身のこなしから訓練を積んだ兵士たちだと分かった。数人ずつ、まとまって動いている。

まちがいない。国家安全部か公安の特殊部隊だ。

羅少佐は長年の勘で、相手が誰かが分かった。裏切られたのだ。軍用ジャケットを着込んだ。

汪石大校め。やつの部下に違いない。

隣室の部下に報せようと、どんどんと壁を叩いた。緊急の合図だ。

羅少佐はベッドの下からトランクを引き出した。

蓋を開き、ウージー・マシンガンを取り出した。短い弾倉を叩きこむ。スライドを引いた。予備弾倉を持てるだけ持って、ポケットに詰め込んだ。手投げ弾を数個取り出し、胸のポケットに入れる。

隣室との仕切りの壁に、どんどんという応答があった。

おそらく敵は階下の出入口を押さえただろう。残る逃げ道は窓から外に出て、屋根の上に登り、屋根伝いに脱出するしかない。

突然、ドアを叩く音がした。隣室で爆発音がした。もう敵は廊下に来ている。羅少佐は窓ガラスに椅子を叩きつけて、窓を破った。隣室で銃撃が起こった。

窓から外に出ようとした。

途端に、窓の外に数人の人影が降ってきた。銃撃が起こった。羅少佐はウージーを構える間もなく、胸や腹部に銃弾を受け、仰向けに吹き飛んだ。

窓から黒装束の特殊部隊員が飛び込んできた。

羅少佐は転がりながらも、ウージーを構えようとした。

特殊部隊員はウージーを蹴り飛ばした。腕を軍靴で踏み付けられた。短機関銃が羅少佐の顔に向けられた。

「大人しくしろ。羅少佐」

黒装束の隊員は命令口調でいった。

羅少佐は胸や腹の激痛に耐えながら、絞りだすような声でいった。

「貴様たちは、汪石大校の手先だな」

ドアが開き、何人かの人影が入ってくるのが見えた。そのうちの一人が羅少佐を見下ろした。懐中電灯の明かりが羅少佐の顔にあてられた。

「間違いない。こいつだ」

汪石大校の声が聞こえた。羅少佐は汪石大校の顔に唾を吐こうとした。だが、吐き出す力もなく、口の端から垂れた。汪石大校はにっと笑い、冷ややかにいった。

「羅少佐、秦上将と賀堅少将を暗殺した犯人として、きみに死んでもらう」

「こうなると思ったよ。俺も悪党だが、あんたはもっと悪党だな」

羅少佐は力なく笑った。汪石大校は肩をすくめた。

「悪党なら覚悟ができているだろうな」

「ああ。…あんたもろくな死に方はしないぜ」

「忠告は胸に仕舞っておく」

汪石大校は羅少佐を押さえ付けている隊員に、親指を下に向けてうなずいた。

特殊部隊員は短機関銃の引き金を引いた。一連射音が響き、羅少佐の頭を粉砕した。

11

北京戦区華南派遣軍司令部　12月17日　0300時

誰かが、掩体壕の毛布を引き上げる気配がした。懐中電灯の明かりが壕の中を照らした。ベッドに寝ている将校たちの一人一人を照らしていく。

「劉上校どの」

劉小新は自分の名を呼ぶ声にはっとして簡易ベッドから身を起こした。

「誰だ?」

劉は懐中電灯の眩い光を手で防ぎ、掩体壕の出入口を見た。

懐中電灯の明かりが動き、中士の顔を照らした。白い吐く息が見えた。

「緊急連絡です。至急に軍司令部へお越しください。司令官がお呼びです」

「うむ。すぐに行く」

劉は急いで迷彩野戦服を着た。夜は凍るように冷えている。

防寒ジャケットを着込み、帽子を被った。掩体壕を出た。遠く北の方角の空が時折明るくなる。遠雷のような轟きがかすかに聞こえてくる。

ずらりと並んだ幕舎テントが黒々と影を落としていた。兵士たちは眠りについている。近くの林や原野に草や木で擬装した戦車や歩兵戦闘車が見え隠れしている。

明かりのついた掩体壕に人影が動いていた。整備兵たちが戦車の下に潜り込み、徹夜でエンジンの修理をしている。

劉は南京第1軍司令部が設置されたビルに急いだ。

いきなり懐中電灯の明かりが劉に向いた。歩哨が銃を構え、誰何をかけた。劉小新と分かると、気を付けの姿勢になった。劉は答礼して、地下室への階段を降りた。

司令部は爆撃を恐れて、地下二階に設置してある。地下一階の部屋には土嚢が詰め込まれ、敵の高性能爆弾でも貫通しないようにしてある。

司令部の扉の前に立った。警備兵たちが扉を開けた。自家発電装置が音を立て、部屋の中は煌々と明るかった。

壁にかかった状況表示板には、首都北京周辺の敵軍の様子が記されていた。

劉はちらりと状況表示板に目をやった。状況は眠る前とほとんど変わっていない。

劉はほっと安心した。緊急の事態が発生したと聞いて、敵の上陸が始まったのか、と思ったところだった。

参謀幕僚たちが作戦地図を取り囲み、あれこれと話をしていた。隣の通信室から声高な交信の声が聞こえた。

　劉小新が彼らの傍に行くと、参謀幕僚たちは一斉に姿勢を正した。

「そのまま作業を続けてくれ」劉は彼らにいった。

　参謀の一人が奥の司令員室を手で差した。

「司令員がお待ちです」

「うむ」劉はうなずき、奥の司令員室へ足を進めた。

　嫌な予感がした。ドアをノックした。返事があり、ドアを開けて中に入った。

　南京第1軍司令員の王蘇平中将、第1機甲師団長の任大河少将、1軍参謀長の鄒寧林大校たち五人が顔を揃えて、テーブル席に着いていた。

　劉は胸騒ぎを押さえ、王司令員に敬礼した。王司令員は沈痛な面持ちで答礼した。開いている席に座るように促した。

「たったいま総参謀部から入った連絡によると、秦上将閣下と賀堅少将閣下が爆死したそうだ」

　劉は嫌な予感が的中したのを感じた。

「いつでしょうか？」

「昨夕、午後7時ごろ、天津軍区の指揮所の視察から北京に戻ろうとした途中、何者かに車爆弾で暗殺された」

「な、なんですって！　爆撃ではなかったのですか？」

劉は思わず声を上げた。王司令員はうなずいた。

「うむ。爆弾テロだ。テロで殺されたのだ」

「しかし、どうして、連絡がこんな遅くになったのです？」

劉は壁の時計に目をやった。午前3時になろうとしている。

「遺体の確認に手間どったらしい。爆発現場の状態はひどく、二人の死亡の確認がだいぶ遅れたらしい。それに秦上将閣下爆死の報が敵側に洩れると、まずいという配慮もあったのだろう」

「誰がやったのです？　テロの犯人は？」

劉は王司令員を睨んだ。

「国家安全部の捜査では、台湾の諜報機関の仕業だということだ」

「台湾の諜報部だというのですか？」劉は訝った。

「うむ。すでに国家安全部は犯人の羅という台湾軍少校を割り出し、逮捕しようとしてアジトを急襲したが、銃で抵抗され、羅少校とその仲間の二人を射殺したそうだ」

「…その羅少佐というテロリストはどんな男だというのですか？」

「羅少校は二重スパイだった。彼については以前から公安や国家安全部が身辺を監視していたそうだ」

「二重スパイだというのですか？」

「台湾解放戦争の際に、台湾軍情報部にいた羅少校は、我が軍側に寝返った。彼は李登輝総統の爆殺を狙ったが失敗している。国家安全部によると、その爆殺失敗も、いまでは我が軍側に潜り込むため、わざと失敗したのではないか、といっている。台湾解放が失敗に終わった後、羅少校は北京に亡命していたそうだ」

「その羅少校は、誰の下で働いていたのですか？」

「元はといえば、国家安全部が雇っていたらしい。国家安全部の対外情報部が、羅少校を利用していたそうだ」

「羅少校が犯人だという根拠は？」

「事件直前に、現場付近にいる羅少校を二人の公安員が目撃していたそうだ。羅少校は偽の公安の身分証を見せている。それで容疑者と特定したらしい。それで国家安全部の特殊部隊が羅少校を捕らえにいったところ、抵抗したので、止むを得ず射殺した」

「…死人に口なしですね。手際がいいですね」

劉は王司令員を見つめた。王司令員はうなずいた。

「うむ。手際が良すぎる。おそらく、これはやつらの謀殺だ」

劉は目を閉じ、賀堅少将を思い浮かべた。賀堅少将は別れ際にいっていた。

『…わしに万が一、不自然に死ぬようなことがあったら、それはまず楊大校一派の仕業だと思ってくれ。その場合は、杜総司令員や王司令員たちに協力して貰い、ことを実行してほしい。いいな。貴官に我が中国の運命がかかっている。頼むぞ…』

　王司令員がいった。

「どうするか？」

「秦上将閣下と賀堅参謀長が爆殺されたとしたら、たとえ犯人が誰であれ、もはや総参謀部内部からの和平工作は失敗したといっていいでしょう。今後は総参謀部は楊大校一派に牛耳られることになる。賀堅参謀長が提案した計画を実行するしかないと思いますが」

「うむ。わしも同意見だ。きみたちはどうか？」

　王司令員は、その場にいる師団長や1軍参謀長たちの顔を見回した。全員が異論を唱えず、王司令員に賛意を示した。

　劉はテーブルに見知らぬ顔の上校がいるのに気づいた。

「よかろう。ところで、劉上校、貴官に紹介したい男がいる」

　王司令員は劉の隣の席の上校を手で差した。

「孫克明上校。第47空挺軍の大隊長だ」

　孫上校は劉に精悍な顔を向けた。

「孫上校だ。よろしく」

「劉上校。こちらこそよろしく」

「劉上校、孫上校は賀堅少将閣下の下で働いたこともある歴戦の勇士だ。今度の作戦計画では、孫上校が協力してくれることになった」

「それはありがたい。空挺が味方についてくれれば、計画は万全だ」

劉は孫上校に手を出した。孫上校は訝ったが、手を伸ばし、握手をした。

「劉参謀次長、貴官が賀参謀長からいわれた計画について、説明して貰おうか」

王司令員がいった。劉はひとつ深呼吸をした。

もはや、残された手は一つ。実力で楊大校たちを打倒し、北京軍事政権の権力を握るしかない。その上で、和平を実現する。賀堅参謀長が生前に考えたクーデター計画だ。

「分かりました。賀堅参謀長の遺言ともいうべき作戦計画をお話しします」

劉はじろりとテーブルを囲んだ将官たちを見回した。

12

北京総参謀部作戦会議室　12月17日　1000時

作戦会議室は、重苦しい空気に包まれていた。

空席になった秦上将の席には、額に入れられた秦上将の遺影と軍帽が置かれていた。隣に賀堅少将の軍帽と拳銃が置かれ、大テーブルの周囲には楊大校をはじめとする高級参謀幕僚たちが沈痛な面持ちで起立し、頭を垂れていた。しわぶき一つ聞こえなかった。

長い黙禱が終わった。

周海軍大校が「黙禱終わり」といった。楊大校をはじめとする参謀幕僚たちは少しざわつきながら着席した。

周大校は幕僚たちを見回して話しだした。

「われわれは台湾の秘密工作員による、卑劣なる爆弾テロに激しい憤りを覚えるとともに、日米に対して秦上将閣下と賀堅少将閣下の報復を行なうことを誓うものである」

「そうだ！」「断固、報復しよう！」

幕僚たちからも声が上がった。周大校は続けた。

「秦上将閣下が不幸にして亡くなられたからといって、いつまでも、われわれが悲しんでいるわけにもいかない。われわれは、この秦上将閣下と賀堅少将閣下の死を乗り越え、断固として中日戦争、中美戦争、地方反乱や内戦に勝利しなければならない。それが志半ばにして倒れた二人の霊を慰める唯一の方法であると私は信じるものである」

「そうだ」

「勝利しよう」

「秦上将閣下の死を無駄にするな」

幕僚たちは口々にいった。周大校は声を上擦らせた。

「秦上将は亡くなったが、閣下はわれわれ全員の心の中に生きている。閣下の霊は、この席にいて、われわれ民族統一救国将校団が一致団結し、閣下の遺志を継いで、われらが祖国中国を世界に冠する大国にするのを見守っているはずだ。

秦上将はいないが、改めて一致団結するための新体制を確立したい。そこで民族統一救国将校団幹部会は、新体制として、次のような人事を行い、戦争指導にあたりたいと考える。ぜひ、幕僚諸君の協力をお願いしたい」

周大校はそこで一息ついて、異議はないか、幕僚たちを見回した。

「まず、秦上将に代わる総参謀部作戦本部長には、これまで作戦本部室長を務め、秦上将閣下の副長の役目を担ってきた楊大校に就任を要請したい。合わせて、軍事委員会の秘書長も、楊大校にお願いしたい」

楊大校がのっそりと立ち上がった。

「私は作戦本部長になることを固辞したい。周大校こそ作戦本部長にふさわしいと思ので、就任を要請したい」

拍手がぱらぱらと起こった。周大校が両手で制した。

「私は最年長ではあるが、海軍将校だ。海軍の戦略には詳しいが、陸戦はやはり陸軍の専門家に任せたい。楊大校が適任だと私は思う」

今度は幕僚たちが一斉に拍手をした。楊大校は立ち上がって、両手で制した。

「分かった。では、わしが作戦本部長になろう。その代わり、周大校には、作戦本部次長として、協力をお願いしたい」

割れんばかりの拍手が起こった。周大校はうなずいた。楊大校は続けた。

「それから、わしの後任として、黄上校に作戦本部室長に就任して貰おう」

楊大校は黄上校を指名した。

黄上校は黙ったまま幕僚たちに頭を下げた。周大校が代わって立ち上がり、大声で続けた。

「作戦本部長は秦上将閣下がそうであったように、その席は上将あるいは中将の階級の者が就任することになっている。この際、楊大校を特別に二階級特進させ、本日付けを以て陸軍中将とすることにしたい。合わせて、黄上校は大校に昇進することとしたい。それから、幕僚諸君も全員を一階級進めることとしたい」

幕僚たちは騒めいた。楊大校が周大校にいった。

「では、周大校、あんたも本日から海軍少将というわけだ」

参謀幕僚たちはにこやかに昇進を祝い合った。楊世明は立ち上がり、幕僚たちに大声でいった。

「では、幕僚諸君、さっそく、現実の戦況に戻ろうではないか。気持ちを引き締めて、わしについてきてほしい。わしは秦上将閣下と違って、細かいことはいわない。やるといったらやる。有言実行。それがわしのモットーだ。

では、戦況の報告をして貰おう。まず、問題の東北第一戦線の戦況からだ。黄上校、いや黄大校、きみから報告して貰おう」

楊世明は黄子良大校を指名した。黄大校はおもむろに立ち上がり、状況表示板を見上げながら、話しだした。

「こうしている間にも、第一戦線はますます戦況が悪化している。…」

幕僚たちは現実に引き戻され、しんと静まり返った。

13

東京・日米合同指揮所作戦会議　12月17日　2210時

夜の十時に始まった緊急作戦会議は熱気に包まれていた。

正面に据えられた電子状況表示板には、刻々と変わる戦場の様子が表示されている。

米軍幕僚部情報担当のマクグワイア中佐が報告を続けた。

「…CIAからの情報では、新体制は秦上将に代わり、タカ派の楊大校を作戦本部長にしたもので、実際上の作戦計画はナンバー3の黄上校が中心になって作成されるようになるという観測です。なお、この人事に伴い、楊大校は中将に、黄上校も大校に昇進し、民族統一救国将校団に属する幕僚全員が一階級昇進したとのことです」

「いよいよ、楊大校、いや楊世明中将の天下となったわけだな」

日米合同指揮所司令官のリンドバーク中将が苦々しくいった。副司令官の海原空将補が頭を振った。

「今後は楊中将に中国の核の引き金が握られたということですな。本当に厄介なことになっ。楊大校、いや楊中将は日米に対して、いつも核報復を秦上将に意見具申していたというからな」

「まったく。これからの戦況如何によっては、いつ核ミサイルを発射しなければならなくなるか、分からない状態になった。幕僚諸君も、そのことをよく頭に置いて、作戦を考えてほしい」

リンドバーク中将は大声でいった。幕僚たちはうなずきあった。マクグワイア中佐は続けた。

「秦上将の爆死以上に注目したいのは、一緒に爆死した賀堅少将だ。賀堅少将は華南派遣軍の参謀長で、実は爆死する前に、華南共和国軍や台湾軍の代表と接触し、和平工作を行なっていた人物だ。秦上将の後を継ぐのは、賀堅少将ではないか、と思われていた。

中国は今回の爆弾テロを台湾情報部のせいにしているが、台湾政府が和平交渉を進める相手を殺すわけがない。だから、あの爆弾テロは、中国民族統一救国将校団の内部における権力争いだといっていいでしょう」

「ＣＩＡがからんではいないのかね？」リンドバーク中将が冷やかし半分でいった。

「テロに関してはＣＩＡは無関係とのことです。あとは日本の諜報機関アスカ、あるいは満洲共和国とか華南共和国の工作員がやったということがあるかもしれないが」

「日本はそれをやって何のメリットもない。核攻撃の可能性が増すとすれば、かえってデメリットの方が大きい。同じことは満洲共和国や華南共和国にもいえるのでは」

海原空将補が頭を左右に振った。リンドバーク中将はうなずいた。

「ともあれ、まだ理性の残っていた秦上将やハト派の賀堅少将がいなくなったのは、こちらにも痛い。今後は、さらに慎重にサンダー・ストーム作戦を行なう必要がある。少しタイムテーブルを早める必要も出てきたのではないかね」

「同感ですな。楊中将は非常に危険な指導者だ。できれば、秦上将よりも、彼こそ抹殺してほしい人物だったですな。楊中将が危険な賭けに出ないうちに、こちらは作戦を早めて叩く必要が出るかもしれない」

海原空将補がいった。マクグワイア中佐は手を上げ、報告を続けた。

「それに関連してですが、先に秦上将によって、中央軍事委員会主席を解任された周金平が中南海の主席官邸に軟禁されていることが分かりました。周金平だけでなく、中国共産党の最高幹部たちも、各官邸に軟禁状態にあると見られます」

「その場所の特定はできたのかね?」

リンドバーク中将がきいた。

「ほぼ90パーセント、場所が特定できました。衛星写真で、周金平が庭園を護衛に監視されながら散歩をしているのも確認されています」

「そこまで分かっているなら作戦もやりやすい。肝腎の戦況の方はどうなっているのかね」

リンドバーク中将は作戦参謀幕僚のマーク・ブラント中佐を見た。ブラント中佐は立ち上がり、手元の報告書を見ながら戦況報告をはじめた。

「降雪のために進撃が停滞するのではないか、と思われていた第三戦線の満洲軍第４軍ですが、順調に進撃を続けています。天候悪化のため、我が軍の航空支援ができない状況でしたが、第４軍主力の機械化師団と自動車化師団は高機動性を活かして、吹雪の中、燕山地帯の敵防御陣を強行突破し、第二戦線の第２軍に合流したとのことです。

第三戦線の燕山山中には、まだ後続の第４軍の軽歩兵師団２個がいますが、彼らは残敵を駆逐しつつ、先行する主力部隊の後方を守りながら、現在興隆を目指しているとのことです。軽歩兵師団なので、進撃の速度は遅いのですが、いずれ彼らも第４軍主力に追いつくものと思われます」

ブラント中佐は電子状況表示板を見上げ、レーザー・ビームで第二戦線の興隆と、その西にある密雲を差した。

「第二戦線の満洲軍第２軍は一昨日未明から興隆の敵防衛線の攻撃を開始していまし

たが、軍機械化師団と自動車化師団が合流したことで、敵軍を撃破、興隆を落とし、一気に西進して墻子路も攻略。さらに第2軍と第4軍主力は後退する敵を追撃、今夕には密雲に到達したとのことです。なお密雲市は北京市街から北東約31マイル（約50キロメートル）の位置にある町です。現在、第2軍と第4軍主力は互いに連携して、引き続き敵防衛線の突破を図っており、北京市街地一番乗りは、主攻である第一戦線の第1軍、第5軍よりも早いかもしれません」

日米の幕僚たちは騒めいた。

「ベリーグッド。予定よりも早いペースで進撃しているな」

リンドバーク中将がいった。ブラント中佐は続けた。

「この数日間、天候が悪化していたので、進撃の速度が鈍ると思っていたのですが、敵も天候の悪化で思うように動けず、それが幸いしたものと思われます。発達した大陸性高気圧が西から移動してくるようなので、これから天候は快復に向かっており、われわれの航空支援や攻撃ヘリによる支援も可能になるので、さらに進撃の速度は早まる可能性があります。そこで対中国戦争研究チームの辻下中佐から提案があります」

辻下直人2等陸佐が立ち上がった。

「偵察衛星の写真を分析すると、北京軍は南部の天津地区に配備してある機械化部隊や砲兵隊を第一戦線や第二戦線に移動しようとしているのが判明しました。

それに伴い、華南派遣軍の一部を済南に戻し、さらに、それを天津地区に上げようとしている。これまでの調べでは、華南派遣軍から引き抜いた部隊は南京軍第1軍の機甲師団と防空師団、砲兵師団、それに二個、ないし三個の歩兵師団と見られます」

「華南派遣軍から引き抜いたとなると、華南戦線は華南共和国側にだいぶ有利になるのではないか？」

リンドバーク中将がきいた。辻下2佐はうなずいた。

「その通りなのですが、どういうことか、自分にも分からないのですが、現在、華南共和国軍側と北京側の華南派遣軍との間に臨時の停戦協定が結ばれているので、華南共和国軍は攻撃しないらしいのです」

「停戦協定を結んでいる？　それでは華南共和国は同盟国の満洲共和国の足を引っ張っていることになるではないか」

「問題は停戦協定を結んだ相手というのが、今回爆弾テロに遇った華南派遣軍の賀堅参謀長だったことです。もしかすると、華南共和国側と賀堅参謀長の間で、われわれの関知しない密約があったのかもしれません。ともかく、華南共和国軍は南京軍の済南への移動を黙認しているのです」

リンドバーク中将は海原空将補に向き直った。

「海原少将、貴官は何か聞いているかね」

「いえ、何も。何か密約があったとしても、相手の賀堅参謀長が爆死したとなると、状況は変わりますね。華南共和国は休戦協定を破棄し、攻勢を再開することも出来る」

「ぜひ、戦闘再開すべきだな。華南共和国や台湾政府に直ちに攻勢を再開するよう要請しよう」

リンドバーク中将はアメリカ軍側の幕僚たちにいった。辻下2佐が手を上げ、発言を続けた。

「第一、第二戦線の勝利は、われわれが天津地区へ上陸の構えを見せているので、北京は兵力を天津地区や北京市南部に集中せざるを得なくなっているためといっていいでしょう。

そこで対中国戦争研究チームは、この際、Xデイを数日繰り上げ、天津海岸に本格的攻勢をかけることを提案します。そうすれば、北京は第一戦線、第二戦線に振り向けようとしていた部隊を、急いで戻すことになるでしょう。そのことは、即、第一戦線や第二戦線の満洲軍を助けることにつながるでしょう」

「済南の南京軍が北上するだろう?」

海原空将補がきいた。

「まだ南京軍は全部を済南に移動し終わっていません。済南の南京軍が天津地区に入ることができるには、もう数日の時間が必要でしょう」

リンドバーク中将は兵站担当の幕僚に向き直った。

「どうだ？　上陸部隊の準備は数日繰り上げても大丈夫か？」

「無理をすれば三日程度なら繰り上げても大丈夫でしょうが、中途半端にXデイを繰り上げるのには反対ですね。われわれは12月17日に照準を合わせて準備して来たところですから、そのスケジュールを変更することに多少の不安がある」

兵站担当幕僚の一人が答えた。

「上陸部隊担当は、どうか？」

「われわれの方は三日程度の繰り上げならば可能です。すでに沖縄の海兵隊や陸軍の第三歩兵師団、１０１空中機動師団などは、いつでも出撃可能の状態になっています。船に乗り込めば、いつでも出られる」

米軍側作戦幕僚が答えた。

「日本側は？」

リンドバーク中将は陸上自衛隊側に顔を見た。

「我が方も中央即応集団第一空挺団をはじめ、第9旅団、第11旅団などは、いつでも出撃できます」

石部2等陸佐が答えた。

「よろしい。その繰り上げの件については、統合参謀本部とも相談したい」

リンドバーク中将はうなずいた。

連絡将校の女性中尉が通信室から足早に入って来て、ブラント中佐にメモを渡した。

ブラント中佐は一目、メモに目を通すと、議長のリンドバーク中将に手を上げた。

「なんだね、ブラント中佐」

ブラント中佐は喜色満面で続けた。

「たったいま満洲軍司令部から朗報が入りました。第一戦線の満洲軍第1軍と第5軍の機械化部隊が、潮白河に敷かれた敵防衛線の五ヶ所に総攻撃をかけ、ついに三ヶ所の地点で突破、敵部隊は総崩れになりました。

現在、第1軍機甲部隊と第5軍機械化部隊が先頭を切って、北京市街地に進撃を開始しています。北京市街地までの距離は20マイルです」

作戦会議の幕僚たちはどよめいた。20マイルはおよそ32キロメートルだ。

「敵の反撃はすさまじく、一〇〇機以上の敵機が来襲しています。これに対して、我が空軍と海軍、それに日本空軍が迎撃に飛び上がっています」

「これで北京一番乗りは、どこか分からなくなるな」

リンドバーク中将もうれしそうにいった。海原空将補が顔を曇らせた。

「ひとつ心配なことが」

「何ですかな？」リンドバーク中将がきいた。

「現在の戦争指導部が秦上将でなく、超タカ派の楊中将になっていることに不安があるのです。急激に追い詰められた楊中将が報復として、核ミサイルを我が国に撃ち込む恐れがあることです」

作戦幕僚たちはしーんと静まり返った。

リンドバーク中将もうなずいた。

「確かに、その恐れはある。では、どうしたらいいか」

辻下2佐が口を開いた。

「ここまで状況が急変したならば、少なくてもサンダー・ストーム作戦を繰り上げて実施するべきかと思います」

「ほう。どうするというのかね」

「北京中央に直接空挺を下ろす。本来なら我が軍が天津に上陸し、北京市街に進撃をする際に、先の北京中枢部に日米の空挺を下ろし、味方の進撃を待ち受ける作戦ですが、それを繰り上げて決行するのはどうか」

辻下2佐は一呼吸置いた。

「つまり、満洲軍が現在、二方向から北京市街地に進撃しようとしているわけですが、先に空挺を下ろし、その満洲軍がかけつけるのを待つ作戦に切り換える」

「なるほど。それはいい考えかもしれない」

リンドバーク中将はうなずいた。

「空挺が北京の中南海を制圧し、中国指導部に敗北を認めさせれば、戦争を終決させることができる。そうなったら、無理に天津地区に部隊を強襲上陸させなくてもいいことになるかもしれない。

もし、上陸作戦を敢行すれば、それだけ我が方の犠牲は増えるでしょう。味方の兵士の損害も防ぐことができる。ただ天津沖の渤海で、軍事圧力をかけるだけでも、相手には相当の脅威となることでしょう。戦わずして勝つ。それがもっともいい作戦でしょう」

作戦幕僚たちは、わいわいがやがやと議論をはじめた。

海原空将補は辻下2佐に大きくうなずいた。

第三章　北京攻防戦

1

北京総参謀部作戦本部会議室　12月20日　1300時

状況表示板を見上げた。

新しく作戦本部主任参謀に就任した黄子良大校は、状況表示板を見上げた。

戦況の悪化は、目を覆うほどだった。

第二、第三戦線ともに崩壊し、敵瀋陽軍は機械化師団、自動車化師団と機甲師団を交互に連携させ、こちらの防御線を攻撃してくる。

正面から機甲部隊が来るというので、それに備えれば、迂回した機械化部隊や自動車化部隊が背後や側面から攻撃を仕掛けて来る。それにより、いずれの防御線も撃破されてしまう。

加えて、敵満洲軍は日米軍の航空支援を受け、タンクキラーの攻撃ヘリを投入して来る。

機甲部隊に機甲部隊をあてようとしても、その前の段階で長距離砲の砲撃や攻撃へりの攻撃、対地攻撃機の爆撃を受け、機甲部隊は戦う前に壊滅させられてしまう。壊滅させられなくても、後退せずにいれば、かなりの損害を受けることになる。かといって防空部隊を前線に配置すると、敵は機甲部隊や機械化部隊を使って、防空部隊を攻撃して来る。

第一戦線においても、潮白河に引いた絶対防衛線は、敵第1軍と第5軍の連携攻撃の前に呆気なく崩壊してしまった。

味方は息を継ぐ間もなく後退につぐ後退戦を強いられ、立ち直る暇さえない。いま第38軍主力と第26軍、第28軍は通県の東を流れる温楡河に防衛線を下げて敵を迎え撃っている。

温楡河から北京市街地までの距離は約16キロメートル。もう目と鼻の先に迫っている。

作戦幕僚が意見具申した。

「…この際、大至急に済南の南京第1軍を天津地区に入れることを提案します。それによって、南部防衛軍を急遽北京市街に入れて、東部防衛軍と北部防衛軍を支援させる」

「ううむ」

黄大校は茫然として状況表示板を睨んでいた。

　また第二戦線で味方が後退し、敵機甲師団が北京市街地を目指して、数キロメートル、進撃した様子が表示された。

　新しく作戦本部長になった楊中将が大声で南部地区担当の作戦幕僚にいった。

「至急に済南の南京第1軍司令部に部隊を天津に投入するよう命令しろ」

「しかし、楊閣下、済南に到着した部隊は、まだ半分ほどです。機甲師団はまだ到着していません」

「砲兵隊や防空部隊は到着しているのだろう？　到着している部隊だけでもいい。すぐさま投入するよう命じるんだ」

「はい。分かりました」

　南部地区担当の作戦幕僚は慌ただしく通信室に駆け出していった。

　楊中将はいった。

「周少将、黄大校、こうなったら、もはや、最終兵器を使って、戦局を挽回せねば、どうにもならないのではないか？」

　作戦本部次長に就任した周海軍少将は顎を撫でた。

「こうなったら、世界を破滅させても、我が中華人民共和国が生き残ればいい、としましょう」

「そうですな。日米はもちろん、他国がすべて壊滅しても、十三億の中国人のうち一億でも生き残れば、勝利ですからな。やりましょう」

黄大校も反対しなかった。

楊中将はうなずいた。

「社会主義中国は不滅である。それを示すためにも、ロケット軍に核攻撃を命令しよう。同時に海軍の『長征』にも一働きしてもらわねばなるまい」

周志忠少将もうなずいた。

「すでに戦略原潜『長征11号』には、所定の位置で待機するように命じてあります。あとは発射命令を出すだけです」

「目標はどこに定めてある？」

「東京です。発射後は、直ちに東太平洋海域に移動し、次には米本土を核攻撃する手筈になっています」

「よろしい」

楊中将は黄大校に向いた。

「作戦本部次長、ロケット軍司令部に対して核弾頭搭載ミサイルを、日本、台湾、米国、沖縄に向け、発射の準備をするように命じ給え」

「発射の日時は、いかがいたしますか？」

黄大校はごくりと生唾を呑んだ。

「いつが効果的でいいと思うかな？」

楊中将は黄大校と周志忠少将を見ながらきいた。

「私は敵が天津海岸へ上陸を開始した時に、報復としてというのはいかがかと。そうすれば、敵もそう簡単には上陸作戦を行なうことができなくなると思いますが」

黄大校がいった。

「なるほど。そうしよう。『長征』の発射も、ロケット軍の発射時刻に合わせよう」

「閣下、日本や米国への事前の警告はいかがいたしましょうか」

「なにをいまさら、事前警告する必要があるのだ？」

「しかし、沖縄や横須賀、佐世保は米軍基地があるからいいとしても、東京や大阪は非武装の民間人が多数住んでいる無防備都市です。核を使えば大勢の民間人が死にます」

「そんなことは構わない。民間人とはいえ、日本人は大陸再侵略のツケを支払うべきだ。それがどんなに高い代償かを思い知らせてやる」

周志忠少将が黄大校に代わって楊中将にいった。

「閣下、私は黄大校に賛成ですな。事前警告を最大限に利用するべきです。折角の機会です。事前警告を出しましょう」

「どんな事前警告をするというのだ？」

楊中将は訝った。

「日米軍や国連ＰＫＦ軍が天津地区への強襲上陸作戦を行なったら、われわれは止むを得ず、東京や沖縄に核を落とすと警告するのです」

「そんな脅しに乗る日米だとは思わないが、やってみる価値はあるかもしれないな」

楊中将は頭を振った。

周志忠少将は付け加えた。

「回答の時間も制限しましょう。明日の正午までに、日米両軍全部隊に上陸作戦の中止を決定しろ、とすればいいのではないか」

「閣下、明日の正午まででは、いくらなんでも、時間が少なすぎるでしょう。日本もアメリカもブルジョア民主国家ですからね。政府が閣議を開き、回答を検討することになりましょう。それには一日や二日はかかるでしょう。どうかね、諸君」

周志忠少将は黄大校や幕僚たちに賛意を求めた。

「そうですな。こちらの提案を検討する時間の余裕を作ってやらんといかんでしょうな」

みんなも賛成した。

楊中将は不機嫌な顔で周志忠少将にきいた。

「どのくらいの時間を与えたらいいというのだ？」

「七十二時間、三日間はいかがでしょう？　警告を明日21日正午に発するとして、七十二時間後の12月24日の正午を締切りとする。回答次第で、直ちにロケット軍司令部に核弾道弾ミサイルの発射を命じる」

「うむ。いいね。12月24日は、クリスマスイブではないか。これは日本への大きな贈り物になるな」

楊中将はにんまりと笑った。

黄大校は何炎上校と顔を見合わせた。

2

上海　12月20日　1700時

通りの方角から銃声が聞こえた。続いて爆発音。

弓は簡易ベッドから跳ね起きた。部屋には范鳳英も王蘭もいなかった。弓は窓辺に駆け寄り、カーテンの隙間から外を見た。

通りの方角で自動小銃の乾いた連射音が響いてくる。それに応射する銃声。

いったい、何が起こったというのだろう？　公安が攻撃して来たというのかしら？　弓は不安になった。ジーパンを穿き、シャツを着込み、分厚いセーターを羽織ってから廊下に飛び出した。階段を駆け降り、コンピューター作業室に走り込んだ。

「オッス、起きたか」

南郷勝が劉進や馬立徳、斉恒明たちと何事かを話し合っていた。コンピューターには少年探偵団がはりつき、普段通りの作業をしている。弓は彼らの顔を見て、ほっと安堵した。

「どうしたの？　あの銃声は？」

劉進が興奮した口調でいった。

「この上海でも、ついに市民軍が蜂起した。いま上海各地で、公安部隊や治安部隊と交戦している。われわれもじっとしているわけにはいかない。隊長がいま様子を見に行っている。これから出ていって戦うつもりだ」

「弓、きみも行こう」

馬立徳が弓を誘った。劉進がだめだめという顔で馬立徳にいった。

「弓は日本人だ。この戦いはわれわれ中国人の戦いだ。弓に戦わせるわけにはいかない。それに弓は戦いには向いていない。むしろ、ここで、この子たちの面倒を見てもらう方がよほど助かる」

「そうそう。足手まといだしな」斉恒明が笑った。

「なによ、その馬鹿にした言い方は？　私だって銃ぐらいは射てるわよ」

「射てても、人を殺せないだろう？　これは戦争なんだぜ」

「それはそうだけど」

弓はたしかにその通りだと思った。新疆ウイグル自治区に行った時も、銃の射ち方こそ習ったが、人に向けて銃を射ったことはなかった。

銃を射つとしたら、自分を守るためで、以外では射てそうもなかった。自分にできることはといえば、後方で怪我人の手当てをするくらいだ。その方がよほど人助けになる。

「でも、日本人だから、戦いに参加していけないというのは変じゃない？　この戦いは、あなたたち中国人だけの戦いではなく、日本と北京軍の戦いでもあるのよ。日本人の私にだって戦う権利があるはず」

弓は劉進に食って掛かった。劉進は両手を上げて降参した。

「分かった。分かった。きみのいう通りだ。ただ、俺がいいたいのは、弓にはここに残ってほしいということ。お願いだから、そうしてほしい」

「どうして？　私が女だから？」弓は納得できずにきいた。

「そういうわけではないんだけど。弱ったなあ」

劉進が頭を掻いた。

「それを聞くのは、野暮というものだぜ」

南郷勝が弓と劉進の間に割って入った。

馬立徳も斉恒明もにやにやと笑った。

「そうそう」

「何よ、みんなで私を馬鹿にして」

弓はぽっと頬を赤くした。

「蘭蘭と鳳英は？」

「市場に食糧の買い出しに行っている。まもなく帰ってくるはずだ」

劉進がいった。

「なんで私を連れて行ってくれなかったんだろう」

「弓は朝近くまで作業していたのを知っていたから、二人は起こさなかったみたいだ」

突然、廊下越しに明少年の呼ぶ声が聞こえた。

「ボス！　冬冬、来て来て」

勝は「いま行く」と返事をして席を立った。冬冬が明少年の声に弾かれたように立ち上がり、勝と一緒に隣の部屋に入って行った。弓たちも急いで勝について行った。

明少年がディスプレイを見ながら、しきりにキイボードを叩いている。周囲に子供たちが集まり、わいわいと言い合っていた。

「どうした?」

「この前、冬冬から預かった乱数の暗号が解読できたよ。総参謀部のコンピューターではなく、北海艦隊司令部のコンピューターにアクセスして暗号数字と合致する場所を調べたんだ。そうしたら、ここだと分かった」

明明はディスプレイに画面を出した。フィリピン諸島の地図が浮かび上がった。さらに画面は拡大された。

「海上だな。やはり、北海艦隊司令部へ打電したのは、戦略原潜『長征11号』だったんだ」

勝は唸った。画面はフィリピンのサマール島の沖合の地図を表示した。赤いドットが点滅している。フィリピン海溝に位置していた。緯度と経度が表示された。

「よし。いいぞ。『長征11号』は、この付近に潜んでいて、打電したんだな」

勝はメモ帳に緯度と経度を写し取った。

「まだ『長征』は、ここにいるのかな?」

「さあ、そこまでは分からない」

「ともかく、これを海自に知らせてみる」

勝はメモを胸のポケットに入れた。

「明明、また北海艦隊のコンピューターへのアクセスを続け、『長征』の現在位置を追ってほしい。海自とアメリカ海軍が核を持っている戦略原潜『長征』の行方を必死に探しているんだ。明明、冬冬、きみらの腕の見せ所だ。お互いに協力し合って、なんとか『長征』の居場所を調べだしてくれないか？」

「おもしろいな。いいよ。な、冬冬？」

明明はうなずいた。

「ああ、やろう」冬冬もうなずいた。

「でも、どうして、そんなに『長征』が問題なの？」

「北京総参謀部は、もし北京を攻撃されたら、その報復として日本やアメリカ、台湾などへの報復核攻撃を行なうといっている。『長征』は核ミサイルを何発も搭載しているんだ。だから『長征』を見付けて、核ミサイルの発射を止めたいんだ」

「了解」「やってやろうぜ」

明少年と冬少年はハイタッチをした。

「ところで、冬冬、ロケット軍の核ミサイル発射システムの仕組みは分かったかい？」

「うん。まだだ」

「なんとか、核ミサイルの発射を止める方法を見付けてほしい」

「敵も必死だからな。サイバー・テロ防止部隊を作って、ぼくらの侵入を阻止しようとしている。見つかれば、すぐに敵が襲ってくるから、慎重にやらないとね。でも、どうしてもだめな場合、非常手段の方法があるんだ。一回限りの手で、二度はできない。だから、本当に重要な時を狙ってやらないと、効果がない」

「そんな方法があるの？」弓は思わず声に出した。

「うん。だけどいまは秘密。ま、なんとか、非常手段に頼らない方法を見付けるよ。心配するなって。俺に任せておけば大丈夫だから」

冬少年は大人びた目で弓や勝を見て、にっと笑った。

3

東京・総理官邸総理執務室　12月21日　正午

浜崎首相は執務室で、北山官房長官と話をしながら、ランチのカレーライスを食べていた。

外では、久しぶりにデモ隊が国会議事堂前に集まり、盛んに太鼓を叩きながら、シュプレヒコールの声を上げている。浜崎の指示で、反戦デモの規制を解除させた。その効果が早速現われたのだ。

浜崎は、たとえ反対の声であれ、国民の声が聞こえるのが嬉しかった。デモ隊が上げる声は、国民の声でもある。それをテロと同等だという政治家がいたが、政治は常に騒がしいものだ。そんなことも解らない政治家は、政治家の資格がない。

デモ隊の声があった方がよほど平和ではないか。それを脅威に感じるのは、よほど自ら恥ずかしいことをやっているからだ。

ドアのあたりで慌ただしい足音がした。

「また、何か動きがあったらしいな」

浜崎はカレーライスのスプーンを止め、執務室の隣の秘書官室に目をやった。

「そうらしいですな」

北山官房長官はカレーライスを食べるのを中止し、ナプキンで口を拭った。

秘書官が告げる間もなく、青木外相と栗林防衛相が部屋に入って来た。

「総理閣下、たいへんです」

「いったい、どうしたというのだ？　外相」

青木外相は青ざめた顔でいった。

「北京が最後通牒を出しました」

「最後通牒だと？　どのような？」

「日米両軍や国連ＰＫＦ部隊の天津地区への上陸作戦を中止しろ、というのです。その回答期限が、七十二時間後の24日正午というのです。もし、12月24日正午までに、中止の回答がなければ、直ちに東京をはじめ、日米台湾など主要都市に核ミサイルを発射するというのです」

　浜崎は思わずスプーンを取り落としかけた。

　壁の時計の針は、午後12時15分を指していた。

　七十一時間と四十五分後に核ミサイルが東京に落ちる？

「総理、どういたしましょうか？」

　栗林防衛相が困惑げに浜崎に訊いた。

「どうするもこうするもない。我が国は中国の脅しに屈することはない。とはいえ、至急に対策を練らねばなるまい。統合幕僚長は、何といっている？」

「日米合同作戦本部で、アメリカ側と協議しています」

「そうだな。我が国だけで回答するわけにいかんな。すぐにホットラインでアメリカのシンプソン大統領と協議をしよう。官房長官、ホットラインを繋いでくれ」

「はい。しかし、総理、少々お待ちください。もっと詳しい事情が分からないと。軽挙妄動は慎みましょう」

「うむ。そうだった」

浜崎は自分自身に向かい、落ち着けといった。最高司令官の自分が慌てては、ほかの人たちも慌ててしまう。

浜崎は、深呼吸をして、松元NSA長官が話してくれた秘策を思い出した。こうあることを予想して、松元長官は、自分にある秘策を話してくれたのだった。それを思い出し、浜崎もようやく落ち着いた。

「松元長官を呼んでくれ。こういう事態を想定して、彼は対策を練っていた」

北山官房長官が訊いた。

「松元長官は、いま、どこにいる?」

栗林防衛相が青ざめた顔で答えた。

「いまは那覇で国連PKF司令部にいるはずです」

北山官房長官は電話機に飛び付き、交換手に、那覇国連PKF司令部に繋ぐように命じた。

4

沖縄・那覇国連PKF司令部小会議室　12月21日　1300時

「ともかく、落ち着いてください。電話では、詳しくお話しできませんが、先にお話し申し上げたように、規定方針通りに対応したいと思います」

松元NSA長官は電話の向こうで、いくぶん慌てた様子の浜崎首相を慮った。

『松元長官、きみの落ち着いた声を聞いて、安心した。予定通りだというわけだな』

「はい。総理、すでに日米で非常時のための対策は練ってあります。ご安心を」

『では、きみたちを頼りにしているぞ』

「はい。お任せあれ」

通話は終わった。

松元長官は受話器をフックに戻した。

秘書官が電話機を受け取り、引き上げて行った。

松元長官は向き直り、報告書を劉仲明特別顧問に見せた。

「とうとう恐れていた事態になりましたな。楊世明大校が作戦本部長に就任したと同時に二階級特進したそうだから、楊中将閣下ということになるか。彼は権力を握ったら、早速、日米両軍と国連PKF部隊に天津への上陸作戦を中止しろと脅しをかけて来た。中止しないと、日本や台湾に核攻撃を行なうとな。

これは日米政府と国連への最後通牒だそうだ。しかも、24日正午までに、中止すると回答しなければ、自動的に核攻撃するといっている」

劉仲明特別顧問は大きくうなずいた。

「殺された賀堅参謀長も、そして、私もこれを恐れていたのです。もし、楊世明が北京軍の権力を握ると、きっと核兵器をちらつかせて、日米台湾だけでなく、世界を脅かすだろうと。だから、それを防ごうと、賀堅少将は北京に乗り込み、秦上将を説得して、楊大校の追い落としを図った。

その計画が楊一派に洩れて、逆に秦上将もろとも賀堅少将は爆弾テロで殺されてしまった。本当に残念なことだ。それで、日本政府は最後通牒に対して、どう対処しようとしているのですか？」

「浜崎首相の腹は決まっている。日本は中国の核の脅しに屈しない。アメリカ政府も中国が日本や台湾、満洲共和国などに核を使えば、北京に対して核報復すると、こちらも最後警告を出した。

はたして、楊中将はアメリカ軍の核報復を覚悟してまで、核を使うか？　浜崎首相も、そこまで楊中将も無謀な指導者ではないと思っているのですがね」

「国連安全保障理事会は？」

劉仲明特別顧問は訝った。

「安保理も、楊中将の警告は苦し紛れの脅しだと考えている」

「アメリカ政府は？」

「一応、アメリカも日本政府と同じ立場だ」

「危ないな。楊中将はウルトラ・タカ派で、かつての指導者・毛沢東のように、戦争で国民の一億や二億人が死んでも、まだ中国には十億人もいると平然という人物だから、本当に核のボタンを押すかもしれないですぞ」

「その点は、浜崎首相もシンプソン大統領も分かっておられる。それで、日米政府とも、極秘に日米合同指揮所に対して、核攻撃を阻止するため、北京侵攻作戦を繰り上げるように指示して来た。そのこともあって、私と新城作戦部長が、こうして国連PKF司令部に緊急に派遣された」

「なるほど。では、しゃにむに北京を先制攻撃するというわけですな」

劉仲明特別顧問は新城克昌作戦部長に目をやった。

新城作戦部長はにやにやしながらいった。

「遅かれ早かれ決行するつもりの作戦だったから、多少日程を繰り上げても、なんら問題はない。ただ賀堅少将と秦上将が爆弾テロにさえ遭わなかったら、まだ先のことになる作戦だったがね。こんなに早く危機が来ようとは思わなかった」

「まったく。まさか、あの知将の賀堅少将が楊一派に先手を打たれるとは考えもしなかった事態だよ。賀堅少将の爆死で、また、どんなにたくさんの人が死ぬことになるか」

劉仲明特別顧問は溜め息をついた。

それまで黙って聞いていた南郷誉は、思わず劉仲明特別顧問にいった。

「あの爆弾テロは、北京が発表したように、台湾の諜報機関の仕業ではなかったのですね？」

「とんでもない。あれは楊一派のデッチ上げだ」

「しかし、中国政府は爆弾テロの犯人として、台湾情報機関の羅少佐という容疑者を追い、ホテルに逮捕に向かった国家安全部の捜査員と射ち合いになった末に射殺したと発表している」

「我が国の工作員が、もし、爆弾テロをやるなら、真っ先にタカ派の楊一派をやっていただろうよ。我々と和平交渉をしていた賀堅少将を殺すメリットはない」

劉仲明特別顧問は苦笑し、新城克昌統幕作戦部長と顔を見合わせた。

松元長官が慰め顔でいった。

「南郷くん、劉仲明特別顧問のいう通りだ。我々の調べでも、賀堅参謀長と秦上将爆弾テロ事件は、中国軍事政権内部の人間の仕業だ。羅少佐は、確かに元台湾国民党特務機関にいた人物だが、台湾南北戦争では中国軍側について、王学賢総統の暗殺未遂事件を起こした男だ。その時も羅少佐は爆弾を総統府にしかけて、建物もろとも総統を爆殺しようとした」

劉仲明特別顧問はうなずいた。

「我が情報部の調査では、羅少佐の雇い主は汪石大校だと分かっている」

松元長官は笑いながら頭を振った。

「それで陰謀工作の構図がよく分かるな。汪石大校は国家安全部の幹部で、北京軍の情報部の部長だ。汪石大校は情報を一手に握っているので、楊中将の片腕になっている。その汪石大校に雇われた羅少佐が爆弾テロを起こしたのは、当然に汪石大校の命令があったからに違いない。爆弾テロは成功したのに、羅少佐が殺されたのは口封じだろう」

「秦上将は賀堅少将の説得に応じて和平交渉を受け入れるつもりだったのですか？」

南郷がきいた。

劉仲明特別顧問は頭を傾げた。

「いや、秦上将は頑固に和平工作を拒否していたそうだ。賀堅少将が密かに我々に伝えてきた話によると、秦上将はなんとしても東北戦線で満洲軍に勝つことにこだわっていた。東北戦争に勝利したら和平交渉に臨んでもいい、と。

そうでなければタカ派の楊中将一派を説得できないともな。それに対して賀堅少将は秦上将に和平反対派の楊大校たちを粛清しようと持ちかけた。もし、秦上将がそうしないのなら、自分がクーデターを起こしてでも、楊中将一派を一掃するといったらしい。秦上将はさすがに驚いたが、事態がそこまで切迫していたことが分かったらしい。ようやく賀堅少将の説得に応じ、具体的な和平条件について話をはじめた。爆弾テロは、その矢先に起こったのだ」

新城作戦部長が首をひねった。

「それにしてもタイミングがいい。誰からか、賀堅少将のクーデター計画の情報が洩れたのかな?」

「おそらく汪石大校が国家安全部に秦上将や賀堅少将の身辺を監視させ、電話や会話を盗聴して、クーデターの話や和平工作を嗅ぎ付けたのだろう」

松元長官がいった。

南郷は頭を振り、肩を落とした。

「実はぼくに思い当たることがあるのです。ぼくが董清泰大使を信用し、うっかり賀堅少将たちのクーデター計画を洩らしてしまった。きっと董大使は、それを事前に秦上将に通報したことでしょう。秦上将の電話が国家安全部に盗聴されていたなら、話は筒抜けになると思う。だから、ぼくが洩らしたことに…」

「いまさら、起こってしまったことを悔やんでも仕方がない。そんなことは忘れるんだな」

松元長官は南郷を慰めるようにいった。

廊下にどやどやと人の気配があった。

ドアが開き、陸上自衛隊中央即応集団第一空挺団司令の野添陸将補が作戦幕僚たちを引き連れて、会議室に入ってきた。

「お待たせしました。突然、作戦繰り上げとなりましてね。我々も驚いているのです」

野添司令は椅子を引いて、どっかりと座った。野添司令の両脇に作戦幕僚たちが席に着いた。

松元長官が口を開いた。

「ご苦労さんでした。まず紹介しよう。こちらが外務省の南郷誉特使。それから台湾政府総統特別顧問の劉仲明少将だ」

南郷誉と劉仲明特別顧問は野添司令と挨拶を交わした。

野添司令は両脇に座った幕僚たちを手で指した。

「作戦に従事する指揮官と幕僚を紹介します。左端から、二科長（情報）の近藤2佐、三科長（作戦）の楠2佐、そして私の右隣にいるのが連隊長の大門1佐、それから実行部隊の指揮官、第1中隊長の伍代3佐。全員、空挺団の歴戦の面々です」

野添司令は新城作戦部長に、にやっと笑った。新城作戦部長と野添司令が防大同期の仲だと南郷は聞いていた。

「よろしく」

全員が一斉に南郷と劉仲明特別顧問に会釈をした。

松元長官は野添司令にいった。

「早速、話に入ろう。北京への降下作戦に、この二人を同行してほしいのだ」

「お断わりする、といっても駄目なのでしょう？」

野添司令はにっと笑い、松元長官にいった。新城作戦部長がにこやかな笑みを浮かべて野添司令を見た。

「きみらを国連ＰＫＦに出してなければ、日本政府の命令だといえるのだが、いまのきみたちの指揮権は国連ＰＫＦ司令部にあるので、強制はできない。あくまで、我々の要請ということになっている」

「腹を割って話そう。いまナリアール司令官から命令が出た。お二人を同行しろとな。すでに日本政府は国連ＰＫＦ司令部に話をつけているのだろう？」

「そういうわけだ」松元長官はうなずいた。

「では、断りようもない」

新城作戦部長がいった。

「しかし、妙なものだな。日本の自衛隊なのに、ＰＫＦ部隊になると、我々統幕に指揮権がないというのは」

「まったくだ。我々も同じ思いだ。だから、今回の北京降下作戦についても、一応、国連ＰＫＦとして出撃するが、一方で日本自衛隊の役割も果たさねばならないというので、混乱している。ま、現場での実際の戦闘になったら、やることは同じだから、どうでもいいがね」

野添司令は笑い声を上げた。

「ところで、南郷さんはパラシュート降下の経験は？」

「ぼくはなしです」南郷は正直に答えた。

「劉仲明少将閣下は？」

「私は若い頃に何度かある。思い出せば出来ると思う」劉仲明少将は答えた。

新城作戦部長が脇から口を挟んだ。

「劉仲明少将はかつては海兵隊の指揮官だった。多少の荒っぽいことでも大丈夫だ」

「それを聞いて、一応、安心した。お二人には事前に基本訓練だけで、実際の降下訓練を受けて貰う時間がない。だから、ぶっつけ本番でやることになる。いいですかな？」

「もちろん、覚悟している」劉仲明少将がいった。

いいも悪いもない。南郷は不安ではあったが、渋々とうなずいた。

「お二人には、これから基本訓練を受けて貰います。訓練は伍代3佐が指導します」

「よろしく」伍代3佐がうなずいた。

「念のため、お二人にいって置きますが、万が一、作戦中に命を落とすようなことがあっても、我々は責任を負えないので、そのつもりで。危険は覚悟して置いてください。我々は全力をあげて、あなたたちを護衛しますが、我々の力にも限界があります」

「もちろん、覚悟しています」南郷も答えた。劉仲明少将も黙ってうなずいた。

「ところで、お二人の任務や目的について、聞いておきたいのですが、どうですかな？何をしようというのか。その目的や任務を聞いておいた方が、我々も支援しやすい。もちろん、秘密任務の内容まで聞くつもりはありませんが」

「どうしますか？　任務は極秘事項なのでしょう？」

松元長官は劉仲明少将と南郷を見た。

劉仲明少将はうなずいた。

「いいでしょう。野添陸将補たちが秘密を洩らすとは思えない。むしろ、我々二人の任務を知って貰っていた方が、我々にとってもやりやすい」

劉仲明少将は野添司令に向き直り、話しだした。

野添司令たちは劉仲明少将の話に、それが容易ならざる任務なのを知って驚いた。

5

フィリピン・サマール島沖　12月21日　1630時

太陽が西に傾きつつあった。

マリーン・ブルーの海原が眼下に拡がっていた。

南郷渉は舷窓から、青く輝く海原を見下ろした。

潜水艦ハンターのP—1は、問題の海域を何度も往復し、ターゲット「白鯨」こと戦略原潜「長征11号」の捜索を行なっていた。

これまでのところ、サマール島沖の海域に「白鯨」の潜んでいる気配はまったくなかった。

日米合同指揮所からは24日の正午までに、なんとしても「白鯨」を見付け出して撃沈せよという厳命が出た。

最新情報では、北京から「長征」に核攻撃命令が出た可能性が高いとのことだった。あと三日。いや、正確には二日と19時間30分の勝負だ。

いったい、「白鯨」はどこに潜んでいるというのか？

南郷は機内の戦術航空士たちを見回した。

二人の対潜要員はヘッドフォンを通して聞こえてくる音にじっと耳を傾けていた。たまにディスプレイにエコーが映るが、魚群やクジラのそれだった。いままでのところ、ソノブイは国籍不明の潜水艦の音をキャッチしていない。

もう一人の対潜要員は赤外線探知システムとＥＳＭ（潜水艦が発する電波を探知して所在を探る）を操作しているが、こちらも収穫はない。

攻撃担当の戦術航空士は手持ち無沙汰の様子だった。

機内はエアコンがついているので、暑くはないのだが、汗が出て仕方がなかった。

『南郷2佐、そちらはどうだ？　ターゲットは見つかったか？』

ヘッドフォンに石山2佐の声が響いた。

「なしだ」

『入手した情報は、たしかな情報なのか？』

「たしかな情報だ」

南郷はあらためて、勝からのメールを調べた。経度、緯度ともサマール島の東の沖合を指していた。

「トム、そちらはどうだ？」

南郷はトム・ボウディン海軍中佐に呼び掛けた。

『南郷中佐、こちらも、収穫なしだ』

『そろそろ、燃料もなくなる。癪に障るが、引き揚げるしかないかな？』

石山2佐がぼやいた。

南郷は溜め息をつきながら、舷窓から外を覗いた。はるか離れた海上を、米海軍の対潜哨戒機P―8と、僚機のP―1が超低空で飛んでいるのが見える。

さらに離れた海域には、フィリピン海軍の対潜フリゲートや対潜駆逐艦が航行していた。

今日は一日をかけて、空と海から、この広い海域を手分けして隈無く捜索したが、白鯨の痕跡も見当たらなかった。

「南郷2佐、恐らく、ターゲットはこの海域から出て、どこかに移動したのではないですかね」

対潜要員の中島1等海尉が南郷にいった。

「どこに消えたか」

もう一ヶ所、白鯨が潜む可能性がある海域は沖ノ鳥島海域だが、そちらには護衛艦や潜水艦が出て調べている。いままでのところ連絡がないということは、あちらでもターゲットを見付けることができないのだろう。

『南郷2佐、燃料が少なくなってきた。そろそろ基地に帰投したいが、どうか？』

機長の声がヘッドフォンから聞こえた。

「了解。いったん基地に戻り、今夜、もう一度やろう」

『ラジャ。これより帰投する』

機体は翼を傾け、大きく旋回して向きを変えた。

携帯パソコンのディスプレイに電子メールが届いた表示があるのに気が付いた。緊急のマークが点滅している。発信人は上海の南郷勝だった。

南郷は急いでメールを開いた。

『…本日1650時、白鯨の発信した電波をキャッチ。白鯨の新たな位置が判明した』

南郷は思わずディスプレイを注視した。

『…北緯19度20分、東経134度10分。白鯨は同フィリピン海上にて、艦隊司令部と交信を行なった。調査されたし』

南郷は急いで海図を調べた。北緯19度20分、東経134度10分は、沖ノ鳥島の西南西200キロメートル付近だった。

「トム中佐、石山2佐、白鯨がまた交信した。現在の位置が分かったぞ」

『南郷中佐、どこだというのだ？』

『どこだって？』

トム・ボウディン海軍中佐と石山2佐の声があいついでヘッドフォンに聞こえた。

「どうやら白鯨は沖ノ鳥島海域に向かってるらしい。沖ノ鳥島の手前200キロメートル付近だ」

『すぐに飛ぼう』

石山がせっかちにいった。

「無理だな。ここから1500キロメートルも先だ。行くにしても、いったん基地に戻って、燃料を補給してからだ」

『ラジャ。分かった。急いで戻ろう』石山2佐が答えた。

『ラジャ、帰投しよう』トム・ボウディン海軍中佐の声が返った。

南郷は日米合同指揮所へ、上海から入ったデータを転送した。

沖ノ鳥島海域では、すでに三隻の護衛艦が捜索を行なっている。彼らが「白鯨」を見付けてくれれば、核ミサイル発射前に仕留めることができるかもしれない。

南郷は祈る思いで、夕陽に輝く海原を見下ろした。

6

済南・貨物駅　12月21日　1900時

エンジン音を轟かせ、戦車や歩兵戦闘車がつぎつぎに無蓋貨車に積み込まれていく。

ようやく最後の戦車がキャタピラ音を立てて、ホームから無蓋貨車に乗り込んだ。

戦車隊員たちが貨車に載った戦車を鎖やワイヤで動かないように固定していく。

「劉上校、くれぐれも楊一派に用心してくれ。わしらが背後についていることを忘れずにな」

王司令員は優しく劉小新の肩を叩いた。

第1機甲師団長の任大河少将や1軍参謀長の鄒寧林大校たちも、劉小新を口々に励ました。

「分かっています。しかし、なんとしても故賀堅少将閣下の遺志を継いで、彼らを打倒しなければならないと思います。それには黄子良大校や何炎大校たちを説得し、彼らから引き離す必要がある。そうでないと、民族統一救国将校団全部を敵に回しかねない。そうではなくて、民族統一救国将校団の中の良心派を糾合して、楊一派の打倒を図る必要があると思います」

「しかし、連中も必死だろうからな。我々第1軍が北京市に乗り込んで、市内に兵力を展開するまで、慎重に行動するんだ」

「はい。分かっています」

後に立っていた孫克明上校が王司令員にいった。

「劉上校には、我々空挺がついています。ご安心ください」

「うむ。孫上校、頼むぞ。知らせがあれば、我々も大至急に駆け付ける。邪魔する者がいたら、実力で突破する。いざとなったら、楊一派と一戦を辞さない覚悟だ」

王司令員は周囲の幕僚たちに同意を求めた。任少将をはじめ、みんな異口同音に、王司令員の決意を支持した。

「司令員、まもなく出発します」

副官の少校が王司令員の元へ駆け寄り、敬礼しながら報告した。

先頭の蒸気機関車がピーッと鋭い汽笛を馴らした。

「よし。出発しよう。劉上校、北京で会おう」

王司令員は先に立って歩きだした。任少将、鄒大校と幕僚たちが後に続いた。

劉と孫上校は王司令員に敬礼をして見送った。

王司令員は鷹揚に答礼し、踵を返して、貨物列車に向かった。長い貨物列車のほぼ中程に、数両の客車が連結してある。任少将や鄒大校、幕僚たちに付き添われた王司令員は客車の一輛に乗り込んだ。

やがて、軍用貨物列車はレールの音を刻みながら、真っ暗な闇の中に、ゆっくりと走り出した。

客車が終わると、その後は延々と戦車や歩兵戦闘車を載せた無蓋貨車が続く。長い長い軍用貨物列車だった。

済南から北京まで約350キロメートル。南京第1軍の機械化部隊を乗せた貨物列車は、闇の中から敵機の目を避けつつ、夜を徹して北京に向かうのだ。

劉は闇夜に消えて行く赤い尾灯を見送った。

「さて、劉上校、今度は我々の番だ。何でもいってくれ。私の部下たちはみな命知らずの歴戦の勇士たちだ」

孫上校は劉を軍用乗用車へ促した。その後に大型輸送トラック四台が並んでいた。トラックの前には迷彩野戦服の兵士たちが銃を手に五列横隊で並んでいた。

「気を付け！」

上尉が大声で号令をかけた。将校と隊員たちは一斉に気を付けの姿勢を取った。

「敬礼！」

将校たちが挙手の敬礼をした。隊員たちは顔を孫上校と劉上校に向けた。孫上校と劉小新は隊員たちに答礼した。

孫上校は部下たちにいった。

「我が隊はこれから劉参謀次長の護衛隊として作戦行動をする。直ちに移動する」

孫上校の命令を受けた上尉は、部下たちにがなった。

「小隊ごとに乗車！」

隊員たちは駆け足で、四隊に分かれ、トラックに走り寄った。

「さあ、劉上校、時間が惜しい。すぐに出発しよう」

孫上校は劉を促し、先頭の小型トラックの後部座席に乗り込んだ。続いて、先刻の上尉をはじめとする将校たち六人が乗り込んできた。

「紹介しよう。我が隊の幹部将校たちだ。隊長の厳上尉、隊付き将校の宋上尉、小隊長の袁中尉、……」

孫上校は六人の将校を劉に紹介した。いずれも精悍な顔つきの若者たちだった。

「彼らには事情を話してある。みな、賀堅少将の信奉者だった」

劉は彼らの一人一人と握手をした。若い将校たちは口々に劉小新への忠誠を誓った。

賀堅少将閣下の遺志を継ぎ、なんとしても、祖国中国を再建する。

劉は彼ら若者たちの顔を見ながら、改めて心に堅く決意するのだった。

7

東北第一戦線・北京市東部地区　12月22日　0300時

まだ夜は明けていない。

大地はうっすらと雪で白くなっている。

猛烈な砲撃の閃光と、天高く射ち上げられた照明弾の光で、市街地はまるで夜が明けたかのように青白く照らしだされていた。

呉上尉は歩兵戦闘車WZ551のキューポラから顔を出して見ていた。目の前に繰り広げられた地獄絵図のような光景に息を呑んだ。

満洲軍第1軍第10機械化歩兵師団第2大隊は、北京市街地の東端に築かれた敵の防御線を突破し、初めて市街に突入した。呉上尉の率いる第2機械化中隊は、その先鋒をつとめていた。

目の前にはどんよりとした運河の水面があり、近代的な新しい橋はもちろん、遠い昔から架かっていた石橋までも、すべて爆破されて落とされていた。敵軍はその運河沿いに防衛線を張っていた。

市街の家々は取り壊して土嚢を積み上げ、道路にはバリケードを造ってある。通りだけでなく裏路地にいたるまで、車や家具、ガラクタ、コンクリート道路の敷地を剝がした破片を積み上げ、バリケードや土嚢陣地を築いていた。

北京軍はそこへ民間防衛隊の民兵を動員して張りつかせていた。

呉上尉たち第2機械化中隊は運河に辿り着いたものの、そこからは一歩も進めない状態になった。

いま、その敵のバリケードや土嚢陣地に砲兵隊からの砲撃が行なわれている。お得意のカチューシャ・ロケット弾攻撃だ。

猛烈な火矢が市街地に飛んだ。155ミリ砲弾が連続して着弾し、炸裂の閃光が走り、土砂や瓦礫を吹き上げる。凄まじい爆風が地を走り、樹木や家屋を引き裂いたり、薙ぎ倒している。

呉上尉は歩兵戦闘車の車長用キューポラの中に潜り込んだ。車長用スコープを通して、敵のバリケードや土嚢陣地を注意深く眺めた。どこかに敵の戦車が潜んでいる可能性がある。

砲撃が終われば、第2中隊は運河を越えて、対岸に突入し、進撃を再開しなければならない。

しかし、あの砲撃の中でも、戦車が生きている可能性は十分にあり、歩兵戦闘車にとって、一番厄介な敵が頑丈な99式戦車だった。

呉上尉は半壊した建物の陰に、ふと動くものを見たような気がした。

距離はおよそ500メートル先。砲撃で建物や家屋が倒壊したために、見通しがよくなっている。

その先の黒煙の中に戦車砲が見えた。白い布や木の枝などで擬装した砲塔に間違いない。

砲塔はゆっくりと回り、戦車砲をこちらに向けようとしている。

危険だ。こちらに気づいて砲撃しようとしている。

呉上尉は無線機に怒鳴った。

「3号！　一時の方角に敵戦車。距離500。視認次第、対戦車誘導弾発射しろ！」

『3号了解！』

無線機から3号車の車長の応答があった。

「後退しろ。敵戦車が我々を狙っている！　後退だ！」

呉上尉は操縦手に命じた。

がくんとショックがあり、歩兵戦闘車は後方の半壊した家屋の陰に走り込んだ。

一瞬、遅れて、いま歩兵戦闘車がいた辺りに砲弾が当たり、瓦礫の山が炸裂した。

雪煙が宙に舞った。

3号車の歩兵戦闘車が運河沿いに走り出ていた。

3号車は同じWZ551だが、機関銃の砲塔の代わりに、4連装対戦車誘導弾発射機を装備している戦車駆逐型歩兵戦闘車だ。これまで何度も敵の戦車に遭遇し、歩兵戦闘車だけでは歯が立たないことが多かったので、司令部に要請して、戦車駆逐型歩兵戦闘車を補充したのだった。

3号車の対戦車誘導弾発射機が動いた。目標を照準に捉えた。

即、発射機が轟音を上げる。

対戦車誘導弾の弾体が炎を上げて、目標に向かって飛んだ。一瞬後、黒煙の中に見えた敵戦車に命中し、ふわっと空気が揺れた。

どーんという爆発音とともに眩い炎が吹き上がった。

命中！

空に上がっていた照明弾が消えた。あたりに潮のように夜の闇が押し寄せてきた。

呉上尉は対岸を暗視スコープで見回した。ほかにも、まだ戦車が潜んでいる可能性がある。

砲撃が終わっていた。

『2中隊、前進せよ』

ヘッドフォンに大隊長の命令が聞こえた。呼び子がぴりぴりと鳴り響いた。

「よーし、突入するぞ！」

呉上尉はハッチを開け、キューポラから顔を出した。

対岸の暗がりで自動小銃の連射音が響いた。銃弾が飛翔し、ハッチや砲塔の装甲板にあたって金属音を立てた。

「機関銃手、十一時の方角に敵。射て！」

呉上尉は怒鳴った。

砲塔が回り、12・7ミリ機関銃が吠え、連射を加えた。曳光弾が運河を越えて対岸の闇に突き刺さる。

「前進！　前進！　運河を越えろ」

歩兵戦闘車は猛然と運河に飛び込んだ。

歩兵戦闘車は浮航性がある。水に入ると、後部のスクリューが回転し、速度は遅いが前に進むことができる。

呉上尉は部下たちに目をやった。

第2中隊の歩兵戦闘車、装甲兵員輸送車がつぎつぎに運河へ飛び込み、渡河を開始した。

あれほど砲撃で事前に叩いたというのに、半壊した土嚢陣地やバリケードから、応戦が始まった。

浮航して渡河する歩兵戦闘車や装甲兵員輸送車に、雨霰と銃弾が浴びせ掛けられる。どーんという爆発が起こり、渡河中の歩兵戦闘車が炎を吹き出した。扉が開き、兵士たちが運河に飛び込む。対戦車ロケット弾が命中したのだ。

畜生！

呉上尉は機関銃手に命じ、対戦車ロケット弾が発射された付近に連射を浴びせた。

「着岸しました！」操縦手ががなった。

車体ががくんとショックを受け、車輪が対岸の土手を駆け登る。

「よし！　下車戦闘！　下車戦闘！」

呉上尉は部下たちに怒鳴った。自らも突撃銃を手にキューポラから出て車外に飛び降りた。

後部扉が開き、突撃銃を構えた兵士たちが転がり出た。分隊中士（軍曹）が隊員たちを叱咤激励する。

つぎつぎに2中隊の歩兵戦闘車や装甲兵員輸送車が渡河を終えて岸に上がってくる。同時に下車戦闘の号令がかかり、第2中隊の兵士たちが飛び出してきた。

「前進！　気を付けろ、周囲から敵が射ってくるぞ」

呉上尉は怒鳴り、歩兵戦闘車の陰に隠れながら、市街地に足を踏み出した。瓦礫となった家屋や建物の跡を第2中隊は一団となって前進する。

やがて焼け跡が切れて、目の前に大通りが現われた。大通りにはバリケードが積み上げられてあった。トロリーバスやトラック、電車などが横倒しにされ、家具やガラクタが山となっている。その陰から、激しい銃声が起こっていた。

銃弾がびゅんびゅんと風を切って飛び、歩兵戦闘車や装甲兵員輸送車の装甲板にあたって甲高い音を立てる。歩兵戦闘車の砲塔が轟音を立てて応戦する。

ようやく東の方の空がほんのりと白みはじめた。

「中隊長！」

2号車から小隊長の喬中尉が呉上尉の脇に駆け込んだ。通信兵も一緒だった。

「大隊長から、新たな命令です」

通信兵が無線機を差し出した。呉上尉はヘルメットの縁を押し上げ、受話器を耳にあてた。

『呉隊長か？』

「はい」

受話器の奥から激しい爆発音が聞こえてくる。大隊本部をはじめ師団主力は、2中隊の南約五キロメートル付近を流れる通恵河沿いの建国路と朝陽路に展開していた。

建国路は西へ直進すれば天安門広場に至る。朝陽路も西進すれば空軍基地があり、さらに進めば北京政府の中枢がある中南海に至る重要な道路だ。それだけに敵の防衛線は強力だった。

『状況は喬中尉から聞いた。よくやった。きみたちの隊が最も突出している。こちらの敵は強力で破れそうもない。師団本部は建国路沿いの攻撃を諦め、2中隊が開いた突破口に主攻を移動する。大隊はそちらに移動し、2中隊に合流する』

「了解」

『師団本部から大隊に新たな命令が出た。大隊は2中隊が開いた姚家園路を西進、中南海占拠を目指せとの命令だ』

「了解、了解」

通信は終わった。呉上尉は無線機を通信兵に戻し、喜んだ。

「よし、中南海一番乗りは、我が第2中隊がするぞ！」

呉上尉は喬中尉のヘルメットをこつんと叩いた。

また敵側から照明弾が上がり、赤々と燃え上がった。

「正面、敵戦車！」喬中尉が正面を見、すぐに怒鳴った。

「対戦車兵！」

呉上尉も正面の暗がりに目をやった。

突然、バリケードの一角が崩れた。バリケードの壁がつぎつぎに破られ、戦車の砲塔が現われた。戦車砲が向けられ、一斉に発射した。

たちまち、数台の歩兵戦闘車、装甲兵員輸送車が粉砕されて、燃え上がった。

まだ敵の戦車は、あんなに生き残っているというのか。呉上尉は舌なめずりをした。

「対戦車兵！　対戦車ロケット弾発射用意！」

喬中尉ががなった。ＲＰＧ―７を担いだ対戦車兵たちが、ばらばらと散開した。

歩兵戦闘車や装甲兵員輸送車は、新たな敵戦車の出現に、後退しながら、機関銃を発射する。歩兵戦闘車の砲塔の機関銃が戦車に向かって猛然と火を吹いた。

戦車駆逐型歩兵戦闘車が対戦車誘導弾の４連装発射機を向けた。

対戦車兵たちは対戦車ロケット弾ＲＰＧ―７を肩に担ぎ、迫ってくる戦車群に向けた。99戦車は横隊隊形で突進して来る。

「射て！　発射しろ！」呉上尉が命令した。

対戦車誘導弾発射機が轟音を立てた。対戦車誘導弾が何発も白煙の尾を曳いて、戦車に向かって飛んだ。

対戦車兵のＲＰＧ―７も一斉に轟音を立てた。対戦車ロケット弾が何発も、するすると炎の尾を引いて戦車の群れに飛び込んでいった。

戦車がつぎつぎに爆発し、擱座していく。呉上尉は中隊に「前進！」と怒鳴った。

8

沖ノ鳥島の西海域　12月22日　0500時

三機編隊の対潜哨戒機P—1は、ようやく沖ノ鳥島の西海域に到達した。

「白鯨」が電波を発信した北緯19度20分、東経134度10分の海域には、イージス護衛艦DDG176ちょうかいをはじめ、DDG172しまかぜ、DD104きりさめ、DD154あまぎり、さらに、空母型護衛艦DDH182いせの五隻が駆け付けていた。

さらに、海上自衛隊の潜水艦が同水域に潜行している。

護衛艦いせは、多数の対潜ヘリを飛ばし、付近の海域を索敵させていた。

南郷渉はP—1の舷窓から暗い海面を眺めた。航海灯を点灯した護衛艦が三〇キロメートルほどの間隔を開け、海上をゆったりと哨戒している。航空灯を点滅させた対潜ヘリが海面低く飛行する様子も見える。

機体はゆっくりと旋回をはじめた。

「南郷2佐、旗艦ちょうかい艦長からです」

通信担当航空士が振り返った。南郷は無線通話機を渡された。

「南郷2佐」

『…ちょうかい艦長吉村2佐。この付近の海域に目標がいたことは確かなのか?』

「それは確かだ。まだ、白鯨らしきエコーは見つかってないか?」

『残念ながら、まったくの痕跡もなしだ』

「どこへ消えたか。絶対に白鯨はこの海域のどこかに潜んでいる」

『分かった。引き続き、この海域の捜索を続ける』

通話は終わった。代わってヘッドフォンに、石山2佐とトム・ボウディン海軍中佐の声が聞こえた。

「この付近は、護衛艦に任せよう。我々はホット・スポットに行こう」

『ラジャ。ところで、潜水艦センターから連絡が入った。SOSUSがモビー・ディックと思われる潜水艦の通過を確認した』

南郷は身を乗り出した。

SOSUS(水中固定聴音システム)は太平洋のさまざまな海底に敷設した対潜用の海底ケーブルやセンサー装置だ。

米海軍も海自も独自に敷設しているのだが、その場所については最高機密になっている。

「場所は？」

『北緯19度東経１３５度付近だ。センサーは北北東に15ノットで向かう原潜をキャッチしている』

「モビー・ディックか？」

『センサーの調子が悪いので、クリアに音を聴けなかったらしい。いま調査しているが、この付近には米露とも原潜を出していないので、多分モビー・ディックだろうと思う』

間違いない。戦略原潜「長征11号」だ、と南郷は思った。

急いで海図を調べた。北北東の方位の先には沖ノ鳥島海域があった。

「そいつが向かっているのは、ホット・スポットの海域だな」

『その通り。我々もそこへ向かおう』

「ＯＫ。トム、そのデータを送ってくれ」

『ＯＫ。いま、そちらに送る』

南郷は携帯パソコンを開いた。電源を入れ、メール・ボックスをチェックした。ちょうどデータが入ったところだった。

データはトム・ボウディン海軍中佐がいった以上の内容はなかった。

南郷は口元のマイクのスウィッチを入れた。

「機長、沖ノ鳥島に向かってほしい」

『ラジャ。沖ノ鳥島に向かう』

機長の佐々木3佐の声が返った。南郷は舷窓から海上を眺めた。東の空に太陽の光が溢れはじめていた。やがて真っ赤な朝焼けになるのだろう、と南郷は思った。

9

北京戦区　12月22日　0800時

舷窓の外には分厚い雲海が拡がっていた。
劉小新は雲を真っ赤に染める眩い朝の太陽に目をやった。双発プロペラ輸送機DC—3は雲海すれすれに高度を取りながら飛行していた。
斜め後方をもう一機のDC—3が、さらに遅れて、旧ソ連製のアントノフAn—24輸送機が続いている。
DC—3もAn—24も、半世紀も前に造られたオンボロ輸送機で、足がのろく、敵機に見つかって攻撃を受けたら、ひとたまりもないシロモノだったが、ほかに輸送機がないので仕方がない。それでも地上を行くよりも、はるかに早く移動できる。

劉たちが搭乗した輸送機は北京市西部地区にある飛行場を目指していた。済南飛行場から直線距離なら350キロメートルほどだが、敵機の目を避けるため、遠く西に迂回して飛ぶルートを取ったために、700キロメートル近くの飛行距離になった。

「まもなく、着陸します」

コックピットの出入口から顔を覗かせた副操縦士がエンジン音に負けないような大声で告げた。

孫上校は分かったと手を上げた。劉小新は機内にぎゅうぎゅう詰めになった完全武装の兵士たちに目をやった。

兵士たちはこれまでの戦闘に疲れているのか、ほとんどの者が居眠りをしている。

機体は徐徐に高度を下げ、雲海に突っ込んだ。舷窓の外が真っ白になる前に、やはり高度を下げる僚機のDC―3が見えた。それも一瞬で、舷窓から何も見えなくなった。

劉は孫上校に大声でいった。

「さっき華南派遣軍情報部から聞いた。楊中将は日米両国と国連に24日正午までに、日米両国・国連が天津への上陸作戦を中止しない場合、核弾道弾ミサイルを発射すると最後通牒したそうだ」

「いよいよ、悪あがきだな」

「それまでに、間に合えばいいが」

「大丈夫だ。飛行場から総参謀部までは、車で小一時間もかからない」

「先に私が総参謀部に乗り込む。黄大校と何炎上校たちを説得したい。あとは君たちの出番だ」

「了解。あとは任せてくれ」

孫上校は胸を叩いた。

高度はますます下がり、大地が近付いてくる。やがて、機体下部の車輪が滑走路に擦れる音が響いた。でこぼこの滑走路を走る震動が機体に伝わってくる。

舷窓から飛行場の草地が見えた。半壊した格納庫。戦闘機の黒い残骸。草地に開いた爆撃の穴。無残に壊れた掩体壕。

滑走路から外れ、砂利道の誘導路を駐機場に移動していく。機は全壊した格納庫の前に止まった。分隊上士や中士ががなり声を上げて、兵士たちを追い立てる。

「さあ、着いたぞ！　野郎ども、降りろ、降りろ。ぐずぐずするな！」

「餓鬼でも、もっときびきび走れるぞ！　何をやっている。うすのろども！」

劉小新は兵士たちの後から機外へ降り立った。

一台の軍用ジープが劉の前に走り込んだ。席から顔見知りの沈振少尉が飛び降り、劉小新に敬礼した。

「お久しぶりです、劉上校。お迎えにあがりました」

「おう、元気かい」

劉は沈少尉と握手をし、無事を祝った。

「じゃあ、劉上校、俺はここで」

孫上校は劉に手を振り、部下たちが駆けていく先を指差した。先には迷彩をかけた装甲兵員輸送車や幌付きトラックが待機していた。

「よろしく」

劉は手を上げ、車に乗り込んだ。

ジープは勢い良く発進し、構内をゲートに向かって走りだした。

滑走路には、もう一機のDC—3が降り立ち、ついでアントノフ輸送機の鈍重な機体が着陸姿勢に入っていた。

滑走路の端では、数機の殲撃7型戦闘機がエンジン音を高鳴らせていた。空襲のサイレンが鳴り響いた。アントノフがよろよろと滑走路に着地した。

アントノフが誘導路に入る間もなく、轟音を上げて、二機編隊の殲撃7型が滑走路を離陸して行った。

「いま、第一戦線、第二戦線とも未明から敵の猛爆撃が始まってます。それを迎撃に行くのでしょうが…」

沈少尉は黙った。殲撃7型は一世代も二世代も前の旧式戦闘機だ。たとえ迎撃に上がっても、最新鋭の戦闘機を投入している日本やアメリカ空軍の敵ではない。上からの命令で死にに行くようなものだ。

劉もそれを知っていたから、それ以上、沈少尉に聞こうとはしなかった。

ジープはゲートを出て、空爆で廃墟になった町に走り出した。

10

沖ノ鳥島海域　12月23日　0850時

中国海軍戦略原潜「長征11号」は深く静かに潜航していた。

深度150メートル。

停止。

艦体は海流に押されて、自然に移動している。

単亜傑艦長は発令所で、じっと耳を澄ませていた。

まだ艦の外壁を敵のソナー音が叩いている。

逆転層の下に潜り込んだからいいものの、そうでなかったら、すぐに敵のソナーを反射して、所在を突き止められてしまう。

危ないところだった、と単艦長は思った。

敵のソナー音もだいぶ遠くに去った。

単艦長はなんと運の悪い日になったのだと心の中で毒突いた。

敵駆逐艦の捜索を逃れたと思ったら、今度は対潜哨戒機の執拗な捜索がはじまった。

哨戒機は三機いる様子で、沖ノ鳥島の周辺海域を何時間も飛び回っていた。

その間、「長征11号」は、深度500メートルの岩棚に着底し、動かず、音を立てず、じっとやり過ごすしかなかった。

その蝿のようにうるさい哨戒機も、燃料が無くなったのか、引き揚げたようだった。

もっとも、深海にあっては、哨戒機が残っているか否かを、すぐに確かめる術はない。

アンテナ浮標を上げ、電波を飛ばして機影を捜せば簡単だが、反対にこちらが見つかる公算が高い。

発見されれば、万事休すだった。

副長の唐上尉が操舵員とひそひそ話をしている。

「周囲に敵艦は？」単艦長はソナー員にきいた。

「いません」ソナー員が元気よく答えた。「スクリュー音が離れました。距離十三海里です。乙島の南海域に回ったようです」

乙09地点は乙島の東海域にある。そろそろ移動を開始し、乙09地点に行って待機する必要がある。

それにしても、日本海軍の捜索は執拗だった。駆逐艦三隻が南西へ去ったと思ったら、また新手の駆逐艦三隻が南下して来て、沖ノ鳥島海域の捜索をはじめた。

敵は海軍司令部の発した核攻撃命令の内容を知っているのだろうか？　いや、そんなはずはない。命令の受領は最高機密だ。そのために「長征」が乙島海域に来ていることなど、海軍司令部のトップでも知っている者は数人しかいないはずだ。情報が洩れるはずはない。単艦長は慌てて自問自答するのを止めた。

乙島―作戦上のコード名で、日本名は沖ノ鳥島だ。

艦内時計に目をやった。

０９００。

定時通信の時刻だった。０９００時から10分間、司令部からの暗号通信が流れることになっている。

その10分間を逃せば、次は六時間後の午後3時まで待たねばならない。

単艦長は通信担当士官の呂中尉に命じた。

「浮きブイ、発射用意」

「浮きブイ、発射用意」

呂中尉が復唱した。

単艦長は意を決して操舵員に命じた。

「半速前進」「半速前進」

艦は生き返ったように身震いした。動力軸を回す震動がかすかに発令所の床まで伝わってくる。艦は時速9ノットで動きだした。

「浮上する、深度50」「浮上、深度50」

「艦首上げ角、20度。艦尾、下げ角10度」

操舵員の復唱が起こった。

艦がゆっくりと傾いた。

唐副長が手摺りに摑まりながら、発令所にやってきた。

「艦長、いよいよ敵に核をお見舞いする時が近付いて来ましたですね。これから乙09地点へ移動するのでしょう?」

唐副長はうれしそうにいった。単艦長は唐副長を無視した。

「まだ、分からない。乙09地点に、敵がいるかもしれない」

「しかし、命令では…」

「これから定時の受信時間だ。命令が変更されているかもしれん」

唐副長は黙った。

艦はミシミシ軋みながら、浮上を続ける。

「ソナー員、敵艦はいるか?」

「いません。スクリュー音もなし」

単艦長はうなずいた。

「深度50」操舵員が告げた。

「針路変更160。深度はそのまま。原速前進」

「針路変更160、深度そのまま、原速前進」

操舵員が復唱し、小さな舵輪を回して、舵を切った。艦は速度を12ノットに上げ、海中を大きく旋回して行く。

「針路160です」操舵員が告げ、舵を戻した。

「よろしい。速度そのまま」「速度そのまま」

艦が艦首を160に向け、時速6ノットで動きだすのを感じた。

「浮きブイ、発射!」

「浮きブイ、発射」

かすかに艦の上の方から、浮標が海中に噴出される音がした。

「エンジン、停止」

「エンジン、停止」

艦のスクリューが停止になった。震動が止まる。

単艦長は浮標が上昇するのを想像した。

浮標はコードで繋がれており、海面に浮かび上がると、浮標がそのままアンテナになって、司令部との交信が可能になる。

通常は一方的な受信が主で、余程の緊急事態でもなければ、発信地を特定されるので原潜側から電波を発信することはない。

しかし、今回の航海ばかりは、そうはいってはいられなかった。訓練ではない実戦の核攻撃の命令が出たからだ。

単艦長は民族統一救国将校団のメンバーではなかった。だから、民族統一救国将校団を特別信頼しているわけではない。民族統一救国将校団がクーデターを起こし、事実上、中国政府を乗っ取ったところまでは知っている。

その後、民族統一救国将校団が主体となった総参謀部の指導で、台湾解放戦争をきっかけにして、対日対米戦争にまで進み、ついに核攻撃を意図するまでになったことに反発さえ覚えている。しかし、軍人としては、海軍司令部やロケット軍司令部の命令は絶対のものであり、たとえ、どんな命令でも、それに従わねばならないことも分かっている。

だが、こと核攻撃となると話は違った。その命令が万が一、本当に政府が発したものではなく、政府の意に反した民族統一救国将校団の勝手な命令だったら、取り返しのつかないことになる。

祖国から遠く南海の深海にあっては、状況を見極めようもなく、それで禁じられてはいたものの、何度も命令を確認する問い合わせを行なって来た。

唐副長は民族統一救国将校団から送り込まれた監視役だった。その唐副長でさえ、「長征11号」の中にあっては、本国の情報や国内で実際に起こっている事態の情報などを入手する術もなかった。

ただ唐副長の役割といったら、単艦長が司令部からの命令をちゃんと実行しているかどうかをチェックするだけのことだ。腹を割って話せる相手にもならない。

「艦長、浮きブイ、海面に達しました」呂中尉が叫んだ。

「よろしい」

単艦長は時計に目をやった。

０９０６時。まだ受信時間内だ。

「受信開始します」

呂中尉はヘッドフォンをかけ、メモ用紙に乱数を書き付ける。

「新たな命令を受信しました」

呂中尉が叫ぶようにいった。唐副長が緊張した面持ちになった。

「どうだ？」

「ただいま解読中です」

呂中尉は乱数表とメモの数字を照らし合わせた。

「分かりました。『12月24日1210時、核弾頭ミサイルを目標地点へ向けて発射せよ』です。『目標地点の変更はなし。命令の最終確認は同日1200時。その日時までにロケット軍司令部から命令の変更撤回の連絡がない場合は命令を実行せよ。以上』とのことです」

「命令発令者は？」

「ロケット軍司令員・張国偉上将閣下と海軍司令員・朱栄慶上将閣下です」

単艦長は唇を噛んだ。

明日は、西洋ではキリストの生誕を祝うクリスマス・イブではないか？

その日の1210時に核弾頭ミサイルの発射ボタンを押す？

それまでに、命令の変更がなければ、自分が核戦争の引き金を引く最初の人間になるのだ。

そして、東京や大阪、沖縄が原爆の炎に焼かれ、何百万人もの人間が死ぬことになる。戦争とはいえ、あまりにもおぞましい。単艦長は吐き気を覚えた。

「艦長、気分でも悪いのですか？」

唐副長がきいた。単艦長は気を取り直した。

「大丈夫だ。心配ない」

突然、レーダー要員が怒鳴るように叫んだ。

「艦長！　上空に敵機！」

「何！　急速潜航！　下げ舵30度！　全速前進」

「急速潜航！　下げ舵30度！　全速前進」

単艦長はがなった。操舵員が復唱する。動力が復活した。艦首が沈み、艦体が急角度に傾いた。乗組員たちは手摺りに摑まり、急角度で潜航を開始した艦の動きに同調した。

「深度200！」「深度200」

単艦長は叫んだ。

「浮標、戻せ！」「浮きブイ、戻します」

呂中尉がいった。敵機は浮標が引きずられる航跡を発見したかもしれない。

単艦長は上空の敵機が気づかないことを祈った。

11

北京総参謀部作戦本部室　12月23日　0900時

沈少尉の運転するジープは西四大街を南に下り、左折して国防部の正門前に到着した。正門前には土嚢陣地が築かれ、草や木の葉で擬装した歩兵戦闘車と99式戦車が守っていた。

衛兵たちは総参謀部専用車であることを示す小旗を見て、何も検査せずに、劉に敬礼をして通した。

国防部は中南海に隣接し、国務院や人民大会堂などに睨みを利かせている。ジープは広い構内の道路を走り、総参謀部のビルの玄関先に走り込んで停まった。

劉小新は変わり果てた総参謀部ビルを見上げた。四階建てのビルは半壊し、爆撃の跡も傷ましく、廃墟のようになっていた。

「総参謀部の作戦本部が地下に移っていなかったら、と思うとぞっとします」

沈少尉は頭を振った。警備兵は劉を見ると、捧げ筒の姿勢を取った。

劉小新は挙手の答礼しながら、沈少尉について、一階ロビーに足を踏み入れた。正面横の階段を降りて、地下三階へと急いだ。地下一階、二階とも、敵の地下30メートルまで貫通して爆発するバンカー・バスター爆弾に備え、土嚢が運び込まれ、分厚く補強がしてある。

総参謀部作戦本部室は大勢の参謀幕僚たちの熱気が満ちていた。正面の壁には電子状況表示板が掲げられ、彼我の状況が表示されている。

隣接する通信室から電話の応対の声やコンピューターの電子音が聞こえてくる。部屋の中央には、作戦地図を拡げた大テーブルがあり、その周囲で作戦参謀幕僚たちが状況を検討している。

以前とまったく変わっていない。劉は久しぶりに訪れる作戦本部室を懐かしく見回した。

「おう、劉上校、よく来たな。元気でなによりだ」

沈少尉の報告で、黄子良大校が劉に両手を開いて歓迎した。劉も歩み寄り、黄大校と抱き合って再会を喜んだ。

何炎大校も劉を迎えた。何炎大校の腹心の卓康勝中校も劉と固い握手を交わした。

「戦況は見ての通り、非常に悪い」

黄大校は電子状況表示板を見上げた。

「敵が北京市内に突入している。一刻も早く、貴官の南京第1軍が来てくれるのを願っていたところだ」

電子状況表示板には、北京市街の北部と東部に、瀋陽軍が突入したという表示が点滅していた。

「楊閣下は？」

「作戦本部長室にいる。周海軍少将と一緒のはずだ。挨拶に行くがいい」

「はい。ですが、その前に黄大校と何炎大校、卓中校に内密の話があります」

「ほう？　何だね」

「ここでは、ちょっと…。重要な話なので」

黄大校は何炎大校と顔を見合わせた。卓中校は戸惑った顔をした。劉は周囲の幕僚たちに目をやった。

「では、私の部屋に行こう」

黄大校は奥の作戦室長室に顎をしゃくった。劉はうなずいた。

劉は黄大校と何炎大校と一緒に部屋に入った。卓康勝中校がドアを閉めた。

「何だというのだね？」

黄大校が劉に卓上の煙草入れを出し、煙草を勧めた。劉は吸わないと手を振って断った。

「賀堅参謀長とお話しになったと思いますが、和平交渉のことです」

「何のことだね？　私はそんな話は賀堅少将閣下としていなかったが」

黄大校は何炎大校や卓中校の顔を見た。二人も頭を左右に振った。

「そうでしたか」劉はうなずいた。

おそらく賀堅少将は黄大校たちに話す前に殺されたのだろう。

「賀堅参謀長は爆死する前、秦上将閣下に和平交渉を行なうべきだと説得していたのです。少将閣下は黄大校や何炎大校たちにも話をして、理解を求めるつもりだった」

「何だって！　和平交渉？　どういうことだね、その話は？」

「実は秦上将閣下は、亡くなるだいぶ前から、賀堅参謀長に対して、広東軍や台湾軍、さらに日本や米国、国連などと和平工作を行なうよう命じていたのです」

「まさか。あのタカ派の秦上将閣下が、そんな和平工作を命じたなんて、信じられないな」

何炎大校が顔をしかめた。劉は続けた。

「私もはじめは信じられなかった。ですが、実際に、私は賀堅参謀長に命じられ、戦線を離脱し、特使として香港に行った。そこで華南共和国代表や台湾政府代表と話し合い、和平交渉の下準備をしたのです。

さらに台湾政府代表を連れて福州に戻り、賀堅参謀長と会わせていた。その秘密会談には、私は立ち会っていないので、詳しくは分からないのですが、派遣軍は広東軍側と秘密休戦協定を結んだのです。

和平交渉を行なう間、華南戦線を凍結し、相互に攻撃し合わない約束です。それを結んだことで、安心して賀堅参謀長は北京に戻ることができた。

そして、賀堅参謀長は秦上将に会い、いくつか和平条件を提示し、それを基にして和平交渉に臨もうと説得していた。

その場合、きっと和平に反対して、妨害するタカ派の連中が出てくるから、いまのうちにタカ派の将官たちを粛清すべきだと。それを知って好ましく思わない輩が、テロリストを雇い、賀堅参謀長と秦上将閣下を亡き者にした。……」

「そんな馬鹿な。秦上将閣下が和平を考えるなんて、ありえない」

黄大校は呆れた顔でいった。卓中校が声をひそめた。

「好ましく思わない輩というのは、誰のことですか？」

「楊大校と、その一派だ」

「周志忠少将や汪石大校も？」何炎大校が訝った。

「もちろん」劉はうなずいた。

「それこそ信じられん。いくら劉上校とはいえ、同志を貶める言い方はいかん。民族統一救国将校団は、同じ志を持った将校の集まりで、我々は一枚岩だ。我々の間に分裂を持ち込むのは、たとえ劉上校といえ、私が許さん」

黄大校はやや気色ばんだ顔でいった。劉はなおもいった。

「賀堅参謀長が北京に上がる時に、私にいったのです。万が一、自分が殺される事態が起こったら、それは楊一派の仕業だと。楊一派はいつか秦上将を打倒し、中国の権力を握ろうとするだろう。彼らは核兵器を使うことも厭わず、そのため祖国中国は世界を相手に戦うことになり、必ずや破滅に追い込まれる。自分が殺されたら秦上将閣下に訴えて、楊一派を捕まえて、正当な裁きを受けるようにしろ、と」

黄大校は何炎大校と顔を見合わせて黙った。

卓中校が劉に話し掛けようとした時、突然、ドアが蹴り破られた。武装した国家安全部の兵士たちがどやどやっとなだれ込んだ。

劉は腰の自動拳銃マカロフに手をやった。兵士の一人が銃の台尻で、劉を張り飛ばした。劉は床に転がり倒れた。

「抵抗するな！　全員、手を上げろ」

指揮官の上尉が叫んだ。兵士たちは劉だけでなく、黄大校や何炎大校、卓中校にも銃を突き付けていた。

兵士たちの後から、汪石大校と楊中将が部屋に入って来た。

「劉小新、とうとう尻尾を出したな。この部屋には盗聴器がしかけてあるんだ。貴官の供述を聞かせて貰った。自分からぺらぺらと話してくれるとはね」

汪石大校は兵士たちに劉小新を立たせろと合図した。兵士たちが劉の腕を摑んで引き上げた。

「劉上校、貴官の罪状は明白だ。敵に内通して、我が国の情報を洩らし、国家の転覆を図ったスパイ罪と国家反逆罪だ。そして、諸君は…」

汪石大校は黄大校や何炎大校、卓中校を見回した。

「敵に内通したスパイと、国家転覆を図るため謀議を行なった国家反逆罪の共同謀議共同正犯になる」

「待て、我々は違う。ただ、ここで立ち話をしていただけだ」

黄大校が抗弁した。汪石大校はゆっくりと楊中将を振り向いた。

「言い訳は通じない。貴官たちは、ここで和平工作をすべく、楊中将閣下を暗殺し、総参謀部の実権を握ろうと計画していた。証拠もあがっている。全員、逮捕して拘留しろ」

何炎大校が大声でいった。

「馬鹿な。デッチ上げだ。楊中将閣下、汪石大校にいってください。我々は無実だ。そんな楊中将閣下暗殺など計画していない」

楊中将はにやりと笑った。

汪石大校は怒鳴った。

「黙れ、黙れ。全員、国家安全部へ連れていけ」

兵士たちは劉小新をはじめ、黄大校や何炎大校、卓中校の両手を後ろに回し、手錠をかけた。

参謀幕僚たちが固唾を呑んで見ている中、兵士たちは劉たちの腕を取り、連行して行った。

12

劉小新たちを乗せた護送車は、前後をパトカーで守られながら、国防部の構内から走り出た。

車内では、劉をはじめ黄大校と何炎大校、卓中校の全員が手錠をされ、座席に座らされていた。

監視の兵士が二人、無言のまま、劉たちを監視していた。

黄大校も何炎大校も、怒りで顔を紅潮させていた。

「なんてことをするんだ、あの汪のやつめ」

「劉上校、貴官のいう通りだ。我々は楊世明に騙されていたんだ。いいように利用されて」

「黙れ！　私語を交わすな！」

監視の兵士が怒鳴り、銃の台尻で黄大校の胸を小突いた。卓中校が怒鳴りつけた。

「貴様、上官に向かって何をする」

「なんだと！　てめえらのような売国奴は上官なんかじゃねえや。偉そうに威張っていやがって」

兵士はいきなり卓中校の顔面を銃で張り飛ばした。卓中校は床に転がった。鼻から鮮血が流れ出た。

「何をする！　やめろ」

劉は立ち上がり、兵士に体当たりした。兵士の軀ともつれて、劉も一緒に床に転がった。もう一人の兵士が血相を変えて駆け寄り、劉を足蹴にした。

「囚人はおとなしくしていろ！　もうてめえらは、上官でも将校でもねえんだ」

兵士は倒れた兵士を引き起こした。

「この野郎、ふざけやがって」「ヤキを入れてやる」

兵士たちは劉を引き起こし、顔面や胸、腹を殴りはじめた。

突然、護送車が停まった。兵士たちは劉を殴るのを止めて、格子窓から外を見た。

劉も外を窺った。

通りで軍の検問が行なわれていた。パトカーの国家安全部の上尉が、検問をしている上尉と激しい口調で言い合っている。迷彩野戦服の兵士たちが突撃銃をパトカーの乗員に突き付け、外に出るように命じていた。

歩兵戦闘車が行く手を阻み、12・7ミリ機関銃がパトカーに向いている。

「降りろ！　収容している囚人を降ろせ」

迷彩野戦服の上尉ががなり、国家安全部の上尉に拳銃を突き付けた。

黄大校と何炎大校が怪訝な顔で劉を見た。劉はにやっと笑った。

護送車の周りに、大勢の迷彩野戦服の兵士たちが駆け寄り、突撃銃を車に向けた。監視の兵士たちはおろおろしはじめた。

後部扉の鍵を開ける音がした。扉が開かれた。どやどやっと迷彩野戦服の兵士たちが車内に踏み込んだ。

たちまち監視の兵士は銃を奪われ、両手を頭の後ろに回すように命じられた。迷彩野戦服の上尉が車内に上がってきた。

「劉上校、大丈夫ですか?」

空挺部隊の隊長の厳上尉だった。

「早かったね。こんなに迅速に助けてくれるとは思わなかった」

空挺隊員たちは劉たちの軀を起こし、全員の手錠を外した。

「どうなっているんだね？」

黄大校はまだ事態が飲み込めずにいった。何炎大校と卓中校も手首をさすりながら、迷彩野戦服の空挺隊員たちを眺めていた。

「済南軍第47空挺軍第1大隊の厳上尉です。通報があり、みなさんの救援に駆け付けました。これから、安全な場所にお連れします」

厳上尉は黄大校たちに敬礼した。

劉は答礼し、赤くなった手首をさすりながら、護送車から降りた。

監視の兵士たちは泣きそうな顔で、地べたに座り込んでいた。劉たちが降りて来るのを見ると、頭を地べたにこすりつけて、命乞いをしていた。

「こいつら、全員、護送車に乗せろ」

厳上尉は部下に命じた。

迷彩野戦服の隊員たちは、武装解除したパトカーの乗員や上尉、監視の兵士たち全員を護送車の中に押し込んだ。

後方からジープが走り込んだ。運転席から沈少尉が飛び降りた。

「ああ、よかった。劉上校、一時はどうなるかと心配しましたよ。早めに部隊に通報してよかった」

「ありがとう。助かった」劉は沈少尉に感謝した。

「おう、貴官が知らせてくれたというのか」黄大校は沈少尉の手を握った。

「いや、当然のことをしたまでです。自分は黄大校や何炎大校の支持者ですから」

「劉上校、貴官のことを疑って失礼した。これで楊中将たちの正体がはっきりと分かったよ。彼らこそ祖国を破滅させる張本人だということもな。申し訳ない」

黄大校は何炎大校と一緒に劉の手を握り、頭を下げた。

「分かっていただければ、それでいいですよ。そんなことより、これから、どうやって、彼らを逮捕し、総参謀部の実権を取り戻すかです」

劉は頭を振った。厳上尉が劉や黄大校にいった。

「ともかく、我々の本拠地にお連れします。そこで司令とも相談してください」

装甲兵員輸送車が走り寄った。隊員が後部の扉を開いた。厳上尉は劉たちに車内へ乗るよう促した。

13

東京・日米合同指揮所作戦会議　12月23日　1200時

会議室には日米の作戦幕僚たちが顔を揃えていた。全員が真剣な眼差しで、電子状況表示板を見上げていた。

リンドバーク司令官の挨拶に代わり、新城克昌作戦部長が立ち上がった。

「リンドバーク司令官の挨拶にもあったように、中国総参謀部内で起こったクーデターで状況は激変した。新しく指導部を握ることになった楊世明中将は核攻撃をちらつかせて、日米政府と国連安全保障理事会に対して、サンダー・ストーム作戦の中止を要求して来た。それも明日24日1200時までに中止を決定したと回答しない場合、自動的に核攻撃に踏み切るという脅迫まがいの要求だった。

日米政府はもとより、国連安全保障理事会が、そのような中国の核を使用した脅迫に屈することはなく、逆に我々に対して、即刻の作戦の決行を命令した。

そこで、第一に我々は北京軍部に核の引き金を引かせぬよう、緊急に北京軍中枢への直接攻撃を敢行する。そのため、サンダー・ストーム作戦を繰り上げて急遽着手することを決定する。計画の内容も第二段階の天津地区上陸作戦を飛ばし、先に第三段階に着手することとしたい。

なお、この北京降着作戦は、日米両軍と国連PKF部隊の共同作戦として行なうものとする。

その内容は北京中枢中南海への空挺部隊の降下により、一挙に北京総参謀部とロケット軍司令部、首都防衛司令部を制圧し、軟禁状態に置かれている周金平元国家主席ら国家指導部を解放し、軍事政権を崩壊させる。そのことによって、和平を成就させたい。

ちなみに戦況は、きわめて我々に有利に展開している。満洲軍第1軍、第5軍は北京市街東部地区に突入し、天安門、中南海まで約10キロメートルの距離にある。満洲軍第2軍、第4軍も北京市街北部地区に突入し、やはり中南海まで約16キロメートルに迫っている。両軍ともに一両日中には中南海を落とすことができる位置にある。

第二に、ロケット軍の核ミサイル発射基地を空爆して破壊するとともに、空爆がしにくい基地については、空挺特殊部隊を送り込んで破壊する。

これまでに判明したロケット軍傘下の固定ミサイル基地は424箇所、そのうち312箇所をミサイルや空爆で破壊、あるいは味方が占拠した。まだ112箇所が残っており、そのうち核戦略ミサイル基地は30箇所ほどと見られる。その核戦略ミサイル基地を重点的に空爆し、特殊部隊を送り込み叩くことにしたい。

スカッド・ミサイルなどの移動式ミサイル発射機については、事前の把握が非常にむつかしいが、監視衛星で発見次第にミサイル攻撃し、あるいは空爆で叩き潰す。

第三に、太平洋に展開している原潜『長征11号』を捜索し、これを発見次第に撃沈し、核ミサイル発射を止める。

第四に、第七艦隊、日本海自自衛艦隊は揚陸部隊を護衛して、渤海に進出し、天津上陸作戦に備え、四十八時間以内に作戦を開始できるよう準備する。

本日1200時、以上の作戦を開始するよう全軍に発令した。

以上。何か、質問は？」

新城作戦部長は話を終え、幕僚たちを見回した。

マーク・ブラント中佐が手を上げた。新城作戦部長は持っていたボールペンでブラント中佐を指名した。

「我々が決定することではないのですが、念のため、お聞きして置きたい。もし、我々の作戦が北京の核弾頭ミサイルの発射を阻止できなかった場合、それによって東京や沖縄、台北が灰燼と帰したら、北京軍には自動的に核報復攻撃がなされるのか？」

リンドバーク司令官が新城作戦部長に代わって答えた。

「その決定は我々にはなく、アメリカ大統領にあるのだが、公式の答えはイエスだ。これまで、我が政府は何度も北京が核を使えば、我が国も核を使うと警告して来た。それを否定はしない。

しかし、現実的にはノウと答えるしかないと、私は思っている。なぜなら、北京市内に我が軍や同盟軍が入っている。その事実を知っていながら、核を使うことはできない。

だから、そういう事態にならないよう、我々は全力をあげて、北京軍指導部の完全制圧を狙わねばならない。いいかね」

「分かりました」

ブラント中佐はうなずいた。

「ほかに?」

誰も質問する者はいなかった。

「では、諸君、時間がない。直ちに作戦に取り掛かってくれ」

リンドバーク司令官は大声で命じた。

14

北京・中南海　12月24日　0100時

真っ暗な夜空をV―22オスプレイ十二機が編隊を組み、超低空で飛行していた。オスプレイ編隊の前と左右には、対戦車ヘリAH―64アパッチ・ロングボウが護衛についている。

北京市街は灯火管制されているので、どこまでも漆黒の闇に覆われていた。雲が低く垂れ篭め、月や星の光も差してこない。

それぞれのV―22オスプレイには、乗員4名のほか、完全武装の空挺隊員30名が乗り込んでいる。全機で総勢360人。いずれも歴戦の精鋭部隊・中央即応集団第一空挺団の隊員たちだ。

南郷誉は防弾チョッキを着込み、彼ら完全武装の第一空挺団隊員たちの間に挟まれて座っていた。

ローターが轟音を立てて回転している。そのエンジン音がやかましく、ろくに隊員たちと話ができない。

南郷も隊員たちと同様に、顔には灰色と黒色の縞模様のフェイス・ペインティングをしてある。日明かりや星明かりが差しても、顔が不必要に光を反射しないためだ。

小隊長の緒方1等陸尉が南郷に大丈夫かと、親指を立てて訊いた。南郷は無理に頬を歪ませ、親指を立てた。平気を装って見せているが、口の中はからからに渇いていた。

劉仲明少将は別のオスプレイに搭乗している。野添司令は何もいわなかったが、南郷と劉仲明少将が一緒に搭乗しているオスプレイが落とされた場合を考え、別々のオスプレイに分乗して、万が一の際にも、どちらかが生き延びるように配慮したのに違いない。

どちらかが撃墜されても、いいようにだって？

ありがたい配慮をしてくれたものだ。ありがたくて、涙が出てくる。

南郷は苦笑いした。

ありがたいといえば、パラシュート降下をしないで済むことになったのにはほっとした。昼間でもパラシュートで降下することを考えたら、ぞっとして足がすくむのに、夜の真っ暗な大地に飛び降りるなど、狂気の沙汰としか思えなかった。

それがなくなり、オスプレイで行くことになったのだ。

それは南郷や劉仲明少将の身を案じての作戦変更ではなかった。

中南海の区域には首都防衛軍が強力な防衛態勢を敷いており、パラシュート降下するには、あまりに危険が大き過ぎることが判明したのだ。

そのため、事前に攻撃ヘリAH—64アパッチ・ロングボウが敵の防衛態勢を徹底的に叩いて、その後、ヘリボーンで空挺部隊を送り込むことになった。

オスプレイ部隊の飛行ルートは、事前に攻撃機や攻撃ヘリが対空陣地を猛爆撃し、無力化していた。

それでも、通過するオスプレイやヘリに向かって、機関銃や自動小銃を射ってくる。

しかし、オスプレイもヘリもかなりの高速で、かつ低空を飛び抜けるため、敵兵が気付いた時には通過した後になっていて、射っても当たらない。

『まもなく目標上空に到達する。目的地に着き、隊員を降ろしたら、直ちに離脱する。南郷さんも、機敏に飛び降りるよう、お願いする』

ヘッドフォンを通してパイロットの醍醐一等陸尉の声が聞こえた。

「了解。大丈夫だ」南郷はヘルメットについたマイクに答えた。

オスプレイの高度がやや上がった。速度を落とす。

対空砲火の放つ曳光弾が花火のように美しく上がった。眼下には中南海の黒々とした樹林や池の水面が見える。アパッチ・ロングボウから、しきりにロケット弾やミサイルが噴出し、対空砲火を放つ陣地に吸い込まれる。いくつもの閃光がきらめき、爆発が起こる。その度に、明るい光が夜空を走る。

地上では激しい銃撃戦になっていた。暗い地上に無数の曳光弾が飛び交っている。あんなところに、これから降りるのか。そう思うと南郷は膝頭が震えた。

小隊長の緒方1尉が怒鳴り声を上げた。

「降着後は直ちに散開、掩護射撃を開始しろ。地上では第2中隊が援護してくれる。我々は池の畔の広場に降着する。池は泥沼で深いから注意しろ。暗視ゴーグル、チェック。弾倉、チェック。防弾チョッキ、チェックしろ」

隊員たちはヘルメットに装着した暗視ゴーグルを降ろして目にあてた。ついで89式小銃の弾倉をチェックする。さらに防弾チョッキの装着を点検した。

「南郷さん、自分から絶対に離れないでください」

緒方1尉が南郷に大声でいった。南郷は親指を立てた。

『目標到着』醍醐1尉の声がヘッドフォンに聞こえた。

「いいか！　敵を倒せ！　殺られる前に倒せ！」

「敵を倒せ！　倒せ！　倒せ！」

小隊陸曹が怒鳴った。隊員たちは大きな声を出して唱和した。

オスプレイは急速に降下し、地上に激突する寸前、ふわっと空中に停止した。ローターを回転させたまま、ホバリングする。

銃撃が聞こえ、銃弾が空を切る音が聞こえた。

「さあ、飛び降りろ！」「出ろ出ろ！」

緒方1尉ががなった。小隊陸曹が怒鳴りつける。

隊員たちは喚声を上げ、銃を構えながら、オスプレイからつぎつぎと飛び降りて行く。南郷の番が来た。

緒方1尉が南郷の腕を取った。

「さ、行け！　飛ぶんだ！」

南郷は真っ暗な地面に怖気付いた。三メートル以上も高さがある。躊躇していたとたんに、どんと背後から突き飛ばされた。

南郷は思わず奇声を上げ、宙に飛び出した。足を開き、ショックに備えた。着地と同時に前のめりになって転がった。

隣に緒方1尉が飛び降りた。

南郷は這いつくばり、周囲を見回した。暗視ゴーグルをつけていないから、暗くてあたりが見えなかった。

周囲に散開した隊員たちが援護射撃をはじめた。

隊員を降ろしたオスプレイが、轟音を上げて飛び去って行く。その後に、また次のオスプレイが降りて来てホバリングし、隊員たちを放り出す。

どこからか、機関銃の連射音が鳴り響き、曳光弾がオスプレイに向かって飛んでくる。オスプレイの装甲板や防弾ガラスに当たった被弾音を立てる。

上空にいたアパッチ・ロングボウから、機関銃が発射される闇に機関銃弾が叩き込まれた。機関銃の発射音が途絶えた。

一機のオスプレイが隊員を下ろし、上昇をはじめたが、突然、きりきり舞いをはじめた。尾部のローターが吹き飛び、機体が斜めに傾いだ。

そのまま、池の水面に激突して、大音響をたてて爆発した。水しぶきが上がり、どっと赤黒い炎が吹き出した。白煙が入り混じった黒煙が立ち昇る。

南郷は呆然として、オスプレイの燃える様子を見ていた。パイロットたちが脱出する時間はなかった。

炎の明かりで、庭園の光景が浮かび上がった。池の向こう側に、邸宅やビルが並んでいる。殺到する隊員たちの姿も見えた。

「こっちだ！」緒方の声がして、腕を引っ張られた。

南郷は緒方に腕を摑まれ、起き上がって走った。

石や何かに躓き、転げそうになりながらも、必死に走り、近くの建物の陰に走り込んだ。

銃弾が空を切って飛び、南郷が隠れた壁を削って跳んだ。

銃声がそこかしこで起こっていた。だが、だんだんと音に慣れてくると、発射音の違いが分かって来た。間近で起こる銃声は味方の89式小銃の重々しい発射音で、敵側からのカラシニコフ突撃銃ＡＫ―47の銃声は軽くて乾いた発射音だった。

その間も、池の側の空き地には、三、四機ずつオスプレイが降着し、隊員たちを吐き出していた。

ようやく目が暗さに慣れてきた。前方に二階建の建物があり、その屋上や周辺の樹林から銃の発する閃光が見える。

どたどたと靴音が響き、また誰かが南郷の傍に転がり込んだ。劉仲明少将と護衛の隊員だった。

「無事だったか！」

劉仲明少将が南郷の肩を叩いた。

「どうやら、生きています」

隣で緒方1尉が無線機で交信をしていた。やがて緒方1尉は無線機を通信兵に返すと、劉仲明少将と南郷に向いた。

「ついて来てください。第1中隊が邸に突入したそうです」

緒方1尉は周囲の隊員たちに怒鳴った。

「小隊、行くぞ」

緒方1尉はヘルメットを手で押さえ、自動拳銃を手に建物の陰から飛び出した。池の端の樹林に走り込む。隊員たちが続いた。南郷は劉仲明少将と一緒に駆け出した。小隊陸曹が二人を護衛しながら駆ける。

緒方1尉は邸の生け垣に走り込んだ。隊員たちも緒方1尉の周囲に雪崩込んだ。

緒方1尉がハンドシグナルで、部下たちを二手に分け、邸に隣接する二階建の建物に行けと合図をする。

一列に連なった隊員たちが、身を屈めながら、飛び出した。

邸の陰や窓から二階建の建物に向けて射撃が起こった。建物の屋上や陰から応射音が響いた。カラシニコフ突撃銃の発射音だ。

右手から一列に並んで走り出した隊の先頭の隊員が銃弾を浴びて転倒した。二番手の隊員が先頭を代わった。

後の隊員たちは、新しく先頭になった隊員を盾にして突進する。二番手の隊員も銃弾を浴びて転がった。その間に残りの隊員たちは二階建の建物の窓にとりついた。窓から中に潜り込む。

左手から進んだもう一隊は、誰も撃たれず、建物の裏手に走り込み、姿を消した。

「衛生！」

緒方1尉は怒鳴った。

背後から数人の衛生隊員が駆け付け、倒れた空挺隊員たちに向かって身を屈めながら走り寄る。

「援護しろ！」

緒方1尉が銃を発射しながら怒鳴った。

物陰から何人もの隊員たちが飛び出し、援護射撃を開始した。

屋上の敵や物陰の敵に猛烈な援護射撃を行なっている。

突然、屋上で爆発が起こった。ついで、建物の中でも銃声や爆発音が轟いた。裏手の方角からも銃声や手投げ弾の爆発音が響いてきた。

不意に敵の応戦が途絶えた。

邸にいた隊員たちが大勢飛び出し、一斉に二階建の建物に殺到した。

「さあ、行きましょう」

緒方1尉は南郷と劉仲明特別顧問に邸の方を差した。

「連隊長や中隊長がお待ちです」

南郷と劉仲明少将は、緒方1尉と小隊陸曹について、邸へ向かって走った。

邸の玄関先に連隊長の大門1佐と二科長の近藤2佐の姿があった。

「やあ、劉仲明特別顧問、南郷さん、無事到着しましたね」

大門1佐が満面に笑みを浮かべなら、二人を迎えた。

緒方1尉は小隊陸曹を連れ、建物の方に駆け去った。まだ銃撃の音が響いている。

「無事、大事な客人を保護しました。邸の中にいます」

「ほう。それはよかった。客人の怪我は？」

劉仲明特別顧問はきいた。

「怪我もなにも、ぴんぴんしてます。ただ、不貞腐れているが」

大門1佐はにやっと笑った。

不貞腐れている？　どういうことだ？　南郷は訝った。

「南郷さん、劉仲明特別顧問、ともあれ、洗面所で、そのフェイス・ペインティングを落とさないと、政府代表には見えませんぞ」

大門1佐にいわれ、南郷は劉仲明特別顧問と顔を見合わせて笑った。

いわれるまでもなく黒色と灰色の縞模様に塗った顔は異形で不気味だった。自分の顔が自分のものと思えない。

二人は邸の洗面所に入り、石鹼で顔を洗い、塗料を落とした。素顔になって、ようやく自分を取り戻した。

「さあ、行きましょう」

大門1佐はいった。廊下に地下室への階段の入り口が見えた。隊員が立番していた。

地下への階段を降りた。廊下が奥まで伸び、その両側にドアが並んでいた。そのうちの一つが開けられ、そこでも隊員が立番をしていた。

部屋は地下室とは思えないほど、ゆったりとした居間になっていた。

そこに野添司令をはじめ中央即応集団第一空挺団の幕僚たちの姿があった。テーブルに作戦地図を拡げ、みんなで取り囲んでいる。

野添司令が振り向き、ほっとした顔になった。

「やあ、来てくれたか。我々は中国語ができないので困っていたところだ」

野添司令が立ち上がって、南郷と劉仲明特別顧問を迎えた。

ソファに一人の老政治家が寝巻姿で座っていた。

南郷は緊張した。

中国の外交式典や要人歓迎レセプションで挨拶するのを何度か見たことはあるが、まだ一度も直接口をきいたことはない。雲の上の人だ。

劉仲明特別顧問は穏やかな笑みを浮かべ、老政治家に北京語で話し掛けた。

「周金平国家主席閣下、中央軍事委員会主席閣下、私は台湾政府の王学賢総統の特別顧問をしております劉仲明少将です。初めてお目にかかります」

周金平主席は眠そうな目をしばたかせ、劉仲明特別顧問をじろりと見た。南郷も一礼し、北京語でいった。

「日本政府外務省の南郷誉一等書記官です。浜崎総理から特命を受けております」

周金平主席は南郷をちらりと見たが、何の反応も表さなかった。

奥から世話係らしい老婦人がお茶の盆を持って現われ、周金平主席の前に湯飲み茶碗を並べた。急須の茶を湯飲み茶碗に注いだ。

南郷と劉仲明特別顧問は周金平中央軍事委員会主席の向かい側のソファに座った。

周金平中央軍事委員会主席はゆっくりとお茶を啜り、野添司令に顔を向け、重々しく口を開いた。

「わしは、どういう扱いを受けるのかね？」

南郷は通訳した。野添司令はしっかりした口調でいった。

「我々は国連ＰＫＦ日本部隊です。軟禁状態だった閣下を解放し、保護させていただきました」

「つまり、わしは日本と台湾の捕虜ということになるのかね？」

「いえ。そうではありません。閣下はもう自由です」

「自由だと？」

「閣下は自由にここから出ていくこともできます。ほかの政府閣僚、国務院幹部、党幹部、族、友人、新聞記者、誰にでも自由に会うこともできます」

「ほう。捕虜ではないのか。しかし、きみたちはわしの身柄を拘束し、監視しているではないか」

周金平中央軍事委員会主席は護衛の兵士たちを見て不快そうにいった。

「まだ戦闘中ですので、たいへん危険なのです。閣下の身に何かあっては困ります。当分の間、我々が身辺の護衛にあたります。ご容赦ください。できれば、閣下の身の安全のため、後方の安全な地域へお連れしたいのですが」

「やはり、捕虜ではないか。わしはここを死んでも動くつもりはない」

周金平中央軍事委員会主席は頑固にいいはなった。

劉仲明特別顧問は身を乗り出した。

「閣下にお願いがあります。中央軍事委員会主席としての権限で、戦争を終決してほしいのです」

「それは、どういうことかね？　わしは軍事委員会主席の座を追われたはずだが」

周金平中央軍事委員会主席は首を捻った。

「閣下、しかし、それは不法な解任です。中国憲法に則った正式な手続きを経た解任ではなかったはずです」

「それはそうだが」

南郷が劉仲明特別顧問に代わっていった。

「閣下は、依然として国家主席であり、軍事委員会主席です。世界が認める中国の最高指導者です。我が国はもちろん、国連は閣下を解任した民族統一救国将校団の軍事政権を中国の正統政府だと認めるわけには行きません。かれらは台湾国を武力解放しようとしたばかりでなく、我が日本や米国にも宣戦を布告し、国連安全保障理事会の停戦決議も無視して、戦争をはじめた犯罪集団です。

　現在の秘書長楊世明中将は総参謀部作戦本部長の秦上将と華南派遣軍参謀長の賀堅少将を爆弾テロで殺して権力を奪取し、中国人民が苦しむのも顧みず、核ミサイルで日本や台湾、沖縄などを攻撃すると公言しております。

　我々はこれ以上の戦争継続を望みません。閣下のお力をお借りして、なんとしても和平を実現したいのです。閣下のお力で、楊中将一派の政府ではなく、真正の中国政府代表として、我々日米両国や国連と和平を結んでいただけないでしょうか」

「信じられないな。きみたちも、わしをカイライとして利用しようとしているのではないか？　秦上将と賀堅少将を爆死させたのも、台湾の特務だという話を聞いている。楊世明大校が、いまは総参謀部の長になったそうだが、きみたちがわしを助けたのも、楊世明たちを倒すために利用しようとしているだけなのではないのかね？　わしはきみたち侵略者の日本や台湾の手先になるつもりはない」

　周金平中央軍事委員会主席の頑迷なものいいに、南郷は劉仲明特別顧問と顔を見合わせた。

折角助けだしたというのに、周金平中央軍事委員会主席は事態の深刻さが分かっていない。南郷はやや腹立ち紛れにいった。

「閣下、我々は、心底、平和を望んでいるのです。早く戦争を止めて、大勢の人びとが死ぬのを防ぎたい。楊中将は核ミサイルを日本や台湾に撃ち込もうとしている。それをなんとか、やめさせたい。そのために閣下の力をお借りしたいだけです。閣下を利用しようなどとはまったく思っていない。どうしても、我々に協力するのはいやだとお思いになるなら、ここからお出になって、中国がいまどんな状態になっているのか、見てください。閣下は自由に、ここから出ていけるし、何をしても自由です。我々は閣下を引き止めるつもりはありません」

「南郷君、そこまでいっては…」

劉仲明特別顧問が困った顔で南郷を見た。

周金平中央軍事委員会主席はなにもいわず、そっぽを向いていた。

南郷は日本語でいった。

「困ったな。周金平中央軍事委員会主席は、まったく我々を信じていない」

「なんとか説得せねばまずいぞ。ほかの党幹部や軍事委員と会えば、頑なな態度が軟化するかもしれないが」

南郷は野添司令に向いた。

「ほかの解放した人質はいないのですか？」

「まだ報告がない。隣の建物にも、人質がいると聞いているが、どうなったか。誰か、調べてくれ」

大門1佐は通信担当幕僚に指示を出した。

「伊藤隊長を呼び出してくれ」

「分かりました」通信担当幕僚が無線機を取り上げた。

どかどかっと階段を降りてくる靴音がした。

伍代3佐を先頭に数人の人影が部屋に入って来た。伍代3佐は大門1佐に敬礼していった。

「隣接する建物の敵も制圧しました。建物の地下室から軟禁中だった政府要人の方々を解放し、保護しました。周金平中央軍事委員会主席に会いたいといっていますので、お連れしました」

「ちょうど、よかった。入って貰え」

野添司令がほっとした表情でいった。

伍代3佐について入ってきた要人たちが、喜びの声を上げて、周金平主席に駆け寄った。

「周金平中央軍事委員会主席！　ご無事でしたか」

「よかった。ご無事だと聞いて、飛んできたのです。よかった」

周金平中央軍事委員会主席は喜色満面にして立ち上がった。

「おう。みんなも無事だったのか」

入ってきた要人たちを見て、南郷は思わず立ち上がった。

朱要基首相、唐外相、中央軍事委員の長老許賢石、魏天才、張暁竜たちだった。

いずれも、中国共産党の中央を担う要人ばかりだった。

彼らは周金平中央軍事委員会主席を囲み、互いの無事を祝い合い、状況を話し合いはじめた。

「しばらく、放っておきましょう」

劉仲明特別顧問が南郷と野添司令にいった。南郷と野添司令は、もちろんだとうなずいた。

15

総参謀部作戦本部は大混乱に陥っていた。

通信室からは前線部隊を叱咤激励する大声や怒声が響いてくる。

参謀幕僚たちは書類や作戦地図を燃やしはじめ、撤収の準備をはじめていた。

ここには、もう長居はできない。楊中将は電子状況表示板を見上げながら思った。電子状況表示板の北京市内の北部地域と東部地域には、一面に真っ赤なライトが点いていた。まだ青色のライトが点灯しているのは、西部地域だ。

南部地域は、これからはじまるだろう日米、国連軍の上陸作戦に備えて、黄色のライト・ゾーンになっている。満洲軍が北と東からほんの間近にまで迫って来ていた。

周志忠海軍少将はしきりに電話で海軍司令部と交信している。話の様子から、状況は芳しくないようだった。

また連絡将校が通信室から駆けてきた。

「閣下、敵空挺部隊が北海公園や中南海に降着し、周金平らの身柄を奪取されたとのことです。いま首都警備隊が彼らを奪還しようと激戦中です」

「なんだと！　やつらが来る前に、処分しておけと、警衛隊司令に命じておいたはずではなかったか」

楊中将は汪石大校を怒鳴り付けた。汪石大校は顎を撫でた。

「きっと司令は我々を裏切ったのでしょう。あれほど、いざとなったら、どこかへ連行して自決させろと、警衛隊には命じておいたのですが」

「なんという連中だ。この期におよんで裏切るとは。なんとしても、首都警備隊に奪還しろと命じろ」

楊中将は苛立った声を上げた。連絡将校は電話機に取りつき、命令を伝達した。

通信参謀少校が受話器を手に大声でいった。

「閣下、第38軍司令部の明総司令員から報告が入りました。南京第1軍の第一陣の機械化部隊と防空部隊が、深夜、あいついで広安門駅に到着し、第38軍に合流したとのことです。すでに部隊を展開しています。なお、後続の三個師団も済南からこちらに向かっているとのことです」

「よし、待っていた。南京軍が着いたとなると心強い。これで戦局の挽回ができるぞ」

楊中将は喜んだ。

「明総司令員は南京軍の王蘇平司令員らとともに、第二司令部で閣下の到着をお待ちしているそうです」

「うむ。まもなく、こちらを引き払う。第二司令部で待つようにいえ」

楊中将はふと顔を曇らせた。

「劉小新参謀次長らを国家反逆罪で逮捕したことは王司令員に伝えてあるか？」

「いえ。まだ知らないと思います。しかし、おかしいな」

「いま、劉たちはどこにいる？」

「国家安全部の監獄に収容してあると思いますが、魏副部長から収容したという報告がないな。あとで問い合わせてみましょう。なにしろ、この混乱状態ですから、国家安全部もてんてこまいなのでしょう」

爆発音が連続し、天井から砂がばらばらと落ちて来た。参謀幕僚たちは資料や作戦地図を片付け、段ボール箱に入れて、運びだしていた。

「汪石大校、いま何時だ？」楊中将は汪石大校を見た。

「は、０７５５時です。まもなく八時になります」

「あと四時間か」

楊中将は唇を噛んだ。

「閣下、回答はあったようなものですよ」周志忠少将がいった。

「なんだと？　どういうことだ？」

「敵は第七艦隊や日本海軍の艦隊と多数の揚陸艦船、輸送船を渤海に入れたのですぞ。これは事実上、上陸作戦は止めないという、回答でしょう」

楊中将は汪石大校を見た。汪石大校もうなずいた。

「たしかに周志忠少将閣下のいう通りです。残念ながら、日米両国とも、国連も、回答する気はないと思いますな。そうでなかったら、中南海に空挺を入れて、周金平たちを押さえるようなことはしますまい」

「あくまで、武力で、我々を屈伏させようというのだな」

楊中将は唸った。汪石大校が意見具申した。

「閣下、もはや、我々が回答期限まで待つ必要はないでしょう。直ちに全核ミサイルを発射し、敵に思い知らせてやろうではありませんか」

「作戦室長はどう考えるか？」

「自分は、まだ待つべきかと。これまで待ったのです。あと四時間待つのも同じでしょう。時限まで待っても、敵が回答しなかったら、そこで起こる事態の責任はすべて、敵にあるといっていいでしょう。覚悟の上で、そうしたのですから」

「うむ」

楊中将も考え込んだ。すでにロケット軍司令部には、回答時限の正午までに中止命令を出さなかったら、改めて命令を出さなくても、自動的に核ミサイルを発射せよ、という事前の命令が出してあった。

万が一、総参謀部の自分たちが敵に攻撃され、全滅されることになっても、ロケット軍司令部が生きている限り、敵への核報復は実行される。

「作戦室長、貴官の考えで行く。このまま、何もしなくても、回答時間さえ切れれば、敵へ核ミサイルが発射されるのだからな。それまで高見の見物と行こうではないか」

楊中将は笑った。

周志忠少将もつられて笑った。

どーんという爆発音が起こった。天井からコンクリートの破片や砂が落ちてきた。

警備隊長が駆け寄った。

「閣下、撤収してください。敵がこの建物の周辺に迫って来ました。我々ではもはや支えきれません。直ちに避難を」

「よし。分かった。周少将、汪大校、ひとまず、我々もこの場から避難しよう」

楊中将は立ち上がった。

作戦本部の参謀幕僚たちはすでに浮き足立っていた。楊中将が退避を命じると、みないっせいに部屋から走り出ていった。警備隊長が戸口に現われ、楊中将にいった。

「閣下、地下トンネルで装甲兵員輸送車が待機しております。早くお願いします」

「よし、分かった。避難しよう」

楊中将は周志忠少将と汪石大校ら幕僚たちを従え、名残り惜しそうに総参謀部作戦本部室を見回しながら、歩きだした。

電子状況表示板の中南海の箇所が赤いライトに変わった。それを合図にしたように電源が切れ、表示が消えた。

警備員たちに守られ、楊中将たちが部屋を出ていくと、入れ代わりに工兵隊が部屋に入った。工兵隊は総参謀部の室内に爆薬を仕掛けはじめた。

地下三階から、さらに階段を降りると、地下トンネルに通じている。地下トンネルには、エンジンをかけた装甲兵員輸送車とトラックが四、五台、待機していた。参謀部の幕僚たちがつぎつぎに乗り込んでいる。

　地下トンネルは北京市内の大通りの下を東西に走っており、要人たちの秘密の脱出路になっていた。

　楊中将たちは装甲兵員輸送車に乗り込んだ。合図の呼び子が鳴り響き、楊中将たちの装甲兵員輸送車を先頭に、つぎつぎに走りだした。最後に残った工兵隊が地下トンネルに爆薬を仕掛けた。

　敵が地下トンネルを使用して、追撃できないように破壊するのだ。

　楊中将たちを乗せた装甲兵員輸送車は、十キロメートルほど走り、秘密の出口から外に走り出た。

　最後の車両が出てきて間もなく、トンネルを伝わり、大きな爆発音が聞こえた。火炎が出口から吹き出し、その爆発の凄まじさを思わせた。

最終章　平和への道

1

北京戦区　12月24日　0900時

楊中将たちが搭乗した装甲兵員輸送車の一行は復興路を西に進んだ。

やがて、右手に首都防衛軍司令部のビルが見えてきた。四階建てのビルは空爆で半壊しているが、地下の第二司令部は安泰のはずだった。

装甲兵員輸送車が急に停止した。汪石大校が操縦席の准尉にきいた。戦車のキャタピラの音が聞こえ、地響きが車内に伝わってくる。

「どうした？」

「味方の防衛線です。ここから先は味方の陣営です」

准尉はほっとした顔でいった。汪石大校は銃眼から外を窺った。

99式戦車が何輌も並び、125ミリ戦車砲を敵側に向けている。一輌が移動して、通路を開けようとしていた。

戦車隊の背後には歩兵戦闘車がずらりと並んでいる。アンテナには南京軍の小旗がはためいていた。

中士が怒鳴り、兵士たちが急いで整列した。号令がかかり、兵士たちは楊中将たちの装甲兵員輸送車に向かって、捧げ筒の敬礼を行なっていた。

「南京軍がわれわれを迎えてくれています」

汪石大校は楊中将に告げた。楊中将は満足気にうなずいた。

装甲兵員輸送車はしずしずと進み、防衛線を通り抜け、首都防衛軍司令部のゲートに入った。

司令部の構内は爆撃の跡も生々しいが、新たに建物の周辺や屋上に対空ミサイルや対空火器が据えられ、99式戦車や歩兵戦闘車が配備され、防御が固められている。

第二司令部のあるビルから、ばらばらと空挺隊員が出てきて、楊中将たちを整列して迎えた。

楊中将は装甲兵員輸送車を降り立ち、周少将と汪石大校を従えて、整列した空挺隊員たちの間を歩き、ビルの中に入って行った。参謀幕僚たちが後に続いた。

「閣下、第二司令部はこちらです」

出迎えの空挺隊の上尉が先に立ち、階段を地下三階に急いだ。

第二司令部の戸口には完全武装の警備兵たちが楊中将たちを待っていた。号令がかかり、兵たちは捧げ筒をする。楊中将は意気揚揚と第二司令部の部屋に入って行った。

楊中将は部屋の中を見て、驚いた。がらんとしていて何もない。

「罠だ！　閣下、これは罠だ！　護衛隊！」

汪石大校は素早く拳銃を抜き、楊中将と周少将の前に立った。

「抵抗するな！」空挺隊の上尉が拳銃を手に、大声で命じた。

空挺隊員たちが一斉にカラシニコフ突撃銃を楊中将と周少将に向けた。

空挺隊員たちの後ろから、数人の将校が現われた。楊中将と汪石大校は彼らを見て、絶句した。

「劉上校、黄大校…」

劉小新上校をはじめ、黄子良大校、何炎大校、卓康勝中校たちだった。

「どうして、貴官らは…」楊中将は口篭もった。

「ここにいるのか、というのですかな？　あいにくですな」

黄大校がにやりと笑った。

「楊中将閣下、あんたたちに、もう少しで騙されるところだった。やはり、あんたたちが秦上将閣下や賀堅少将閣下を殺したのですね」

楊中将は黙って何も答えなかった。

「楊中将閣下、周少将閣下、それに汪石大校、貴官たちを国家反逆罪で逮捕します」

劉上校がいって、空挺隊員たちに顎をしゃくった。

空挺隊員たちは楊中将や周少将、汪石大校に駆け寄り、拳銃を取り上げた。一緒についてきた参謀幕僚たちや護衛隊の兵士たちも、空挺隊員たちにつぎつぎに武装解除された。

「楊中将閣下、周少将閣下、汪石大校、奥の会議室にどうぞ」

劉小新は先に立って歩いた。楊中将たちは空挺隊員たちに奥の部屋へ連行された。

会議室には、第38軍総司令員の明敏上将と、南京軍第1軍司令員の王蘇平中将、それに各軍の参謀幕僚たちが待ち受けていた。

楊中将、周少将、汪石大校の三人はコの字形に並んだ机の中にある椅子に座った。

空挺隊員が三人の背後に並んで監視をしている。

「まるで被告席みたいだな。ここで私たちを人民裁判にでもかけようというのかね？」

楊中将は虚勢を張った。王司令員がやんわりといった。

「貴官たちについては、いずれ軍事裁判にかけることになろう。ここでは、そんな話をするつもりはない。貴官にお願いがある。ロケット軍司令部に出した核ミサイル発射命令を、取り消してほしいのだ」

「私が命じなくても、あなたたちがロケット軍司令部に命令取り消しを通告すればいいではないか」

「ロケット軍の張国偉上将は、中央軍事委員会の決定でなければ、取り消し命令に応じないというのだ。そして、秦上将の後任として中央軍事委員会秘書長の貴官の命令でないと、発射命令を撤回できないともいっている」

　楊中将はふっと笑った。周少将は汪石大校と顔を見合わせた。

「どうかね。ここに無線機がある。ロケット軍司令部につなぐから、貴官が命令の取り消しをしてほしいのだ」

「お断わりする」

「なぜだね？」

「諸君は、どういう権限をもって、秘書長の私に、そんな命令をするのだ？」

「これは命令ではない。要請だ。祖国中国を破滅から救うため、お願いしたい。そうすれば、われわれは軍事法廷において、貴官を弁護し、罪一等を減じるよう訴えよう」

「お笑い種だね。私も愛国心から、我が祖国を踏み躙る憎い日米帝国主義者たちに一矢を報いるために、核ミサイル発射を命令した。貴官たちのように、核ミサイル発射の命令を取り消すことで、日米や国連に、命乞いをするのとは訳が違う。

　残念ながら、貴官たちのような売国奴、裏切り者たちに、私は命乞いをするつもりはないし、まして、日米帝国主義者たちを助けるつもりもない」

　楊中将は高らかに笑い、王司令員や明総司令員、劉たちを侮蔑の眼差しで睨み付けた。劉小新は楊中将の頑なな態度にため息をついた。

「仕方がない。三人を個室に連行し、頭を冷やして考える時間を与えよう」

王司令員は冷ややかにいい、空挺隊員たちに三人をばらばらに隔離して閉じこめるように命じた。

空挺隊員たちは三人の腕を掴み、引き立てて行った。

「たとえ拷問にかけられても、私はロケット軍に命令を取り消すようなことはいわんぞ」

連行されながら、楊中将は怒鳴り散らした。

三人が連れ去られた後、劉小新は王司令員にいった。

「なんとしても、ロケット軍の核ミサイルを止めないと、和平のチャンスもなくなる。こうなったら、周金平元総書記に中央軍事委員会主席へ復帰していただき、ロケット軍司令部に中止命令を出して貰うしかない」

「周金平元総書記は、どこにいるのだ？」

「中南海にいたはずですが」

「いかん、中南海は敵の空挺に未明に占拠されたのではなかったか？」

明総司令員が幕僚にきいた。

「はい。残念ながら、首都防衛軍は奪還できなかったようです」

「だとしたら、周金平中央軍事委員会主席は敵の手中にあるということになる。ただし、生きていればのことだが」

明総司令員は頭を振った。劉小新は眉根を開いた。

「自分にいい考えがあります。任せてください」

劉小新は明総司令員や王司令員に自分の考えを述べはじめた。

2

中南海の国務院の建物に設けられた臨時の国連ＰＫＦ前線指揮所は、大勢の軍人の出入りがあって、ごった返していた。

野添司令は挨拶に駆け付けた満洲軍総参謀部の林明参謀次長とがっしりと握手を交わした。林参謀次長は自ら満洲軍第1軍、第5軍の陣頭に立って指揮して、北京入城を果たしたのだった。

顔見知りの劉仲明特別顧問は林参謀次長と抱き合って喜んでいた。

南郷誉はみんなが喜び合う様子を見ながら、一人浮かぬ顔をしていた。本日正午までに上陸作戦の中止の返答をしないと、核攻撃をするという北京軍指導部からの最後通牒が頭にこびりついていたためだ。

もちろん日本政府もアメリカ政府も、そして国連安全保障理事会も、上陸作戦を中止するつもりはなく、着々と天津沖に上陸部隊を集結させている。

時計に目をやった。

1012時。

回答期限の正午まで、あと二時間を切った。

「劉仲明特別顧問、時間が迫っている。周金平中央軍事委員会主席をなんとか説得しないと」

南郷は思わず声を荒らげた。劉仲明特別顧問は大きくうなずいた。

「分かっている。まもなく、彼らも結論を出すはずだ。きっといい答えが出る。そう信じよう」

南郷は奥の応接室にいる周金平中央軍事委員会主席や中国の首脳たちの話し合いがどうなっているのか気になって仕方がなかった。

党幹部たちは民族統一救国将校団が牛耳る軍部が起こしてしまった戦争をどう終息させるのか、話し合っている最中だった。

彼らが日本やアメリカ、国連と和平交渉の席に座るとしても、肝腎の軍部を掌握していないことが問題だった。

それでは、いくら和平に合意しても、戦争は続行し、周金平中央軍事委員会主席たち北京政府の権威は丸潰れになる。

しかも、彼らが問題にしているのは、和平条件に満州国や華南共和国、台湾、新疆ウイグル自治区、チベット自治区などの分離独立が入っていることだった。

それらを丸呑みしてまで、和平に応じるべきなのか、そういう議論が行なわれているのだ。

「野添司令、伍代3佐から緊急連絡です」

通信担当士官が野添司令にいった。野添司令は通信担当士官から無線マイクを受け取り、応答した。

「状況はどうした？」

中央即応集団第一空挺団は、引き続き、満洲軍第1軍を支援して、最前線に出ていた。

『いま、全線にわたって、射撃が止まっています。敵が応戦を止めました』

「なんだって？」

『敵陣に白旗があがったのです。無線で停戦の要請が敵軍から入りました。話し合いたいのだそうです』

「話し合いだと？」

『いま白旗を上げた敵の車が敵陣から来ます。敵軍の高級幹部が、大声で劉仲明特別顧問に会いたいといっていますが、いかがいたしましょうか？』

モニター・スピーカーから伍代3佐の声が聞こえた。

「劉仲明特別顧問に会いたいだと？」

野添司令は劉仲明特別顧問を見た。

途端に劉仲明特別顧問が弾かれたように無線機に駆け寄った。

「その使者の名前と階級を聞いてほしい」

『了解』

やや間が開いた。やがて、伍代3佐の声が返った。

『北京軍総参謀部代表の劉小新上校と名乗っています』

「分かった。至急、こちらに案内してほしい」

劉仲明特別顧問は大声でいった。

南郷は劉仲明特別顧問と顔を見合わせた。劉仲明特別顧問は、劉小新を切札としているのだと分かった。

野添司令はがなるようにいった。

「伍代3佐、聞いたか。停戦を維持しろ。相手が射ってきても、応戦を控えろ。大事な客だ。丁重にこちらにお連れしろ」

『しかし、われわれが停戦していても、満洲軍が…』

「満洲軍にも停戦を命令させる。分かったな」

『了解』

　通話が終わった。

　野添司令は早速、林参謀次長に掛け合い、停戦の話し合いをする使者が来るので、満洲軍の前線部隊にも停戦するように申し入れた。

　林参謀次長はすぐさま部下の参謀幕僚たちに、停戦の命令を出すよう指示した。

「何者なのです？」野添司令が劉仲明特別顧問にきいた。

「私の甥にあたる男だ。総参謀部の作戦参謀をしている。彼は死んだ賀堅参謀長の右腕で、われわれと和平の交渉をしたいと申し入れて来た。賀堅参謀長が亡くなったいまは華南派遣軍の事実上の参謀長をしており、北京軍の総参謀部を代表する軍人といっていい」

　劉仲明特別顧問は奥の応接室を指差し、南郷にいった。

「実は事前に賀堅参謀長との話し合いで、賀堅参謀長が秦上将を説得し、二人で周金平中央軍事委員会主席に直接会い、軍の全権を返上する約束になっていた。

もし、秦上将がノウといえば、賀堅参謀長はクーデターを起こし、秦上将や楊大校たちを権力の座から追放する予定だった。そして、賀堅参謀長は周金平中央軍事委員会主席に、日米や国連との和平協約を結ぶようお願いする手筈になっていた。

　その賀堅参謀長と秦上将が殺されてしまった。そこで賀堅参謀長の遺志を受け継いだ劉上校が、周金平中央軍事委員会主席に会い、北京軍の権限を返上し、説得することになったのだ。劉上校ならば周金平中央軍事委員会主席を説得して、ロケット軍司令部へ発射中止命令を出させるだろう。大丈夫、きっとうまくいく」

劉仲明特別顧問は自信たっぷりの表情で、南郷にうなずいた。

3

ロケット軍司令部　12月24日　1100時

司令部内は緊張した空気に包まれていた。

張国偉司令員は、正面の電子状況表示板を睨みながら、刻々入ってくる発射基地からの報告に耳を傾けていた。

「司令員、第5発射サイト、第27サイトがミサイル攻撃で連絡不能になりました」

通信兵が告げた。

またやられたか。アメリカ軍め。いまに見ておれ。

張司令員は悪態をついた。

一昨日未明から、日米空軍の爆撃や巡航ミサイルの攻撃があいつぎ、全国に散らばっている弾道弾発射基地が、いくつも叩き潰されていた。

１４０箇所あった弾道弾発射基地が、いまはなんと17箇所まで減少してしまった。

しかも、そのうち核弾頭ミサイルの戦略弾道弾発射基地はなんと9サイトしかない。

それでも、日本の東京、大阪、沖縄、台北、アメリカのワシントン、ＬＡ、ニューヨーク、グアム、ハワイの９ヶ所へ、核を撃ち込むことができる。

「司令員閣下、第５発射基地がやられたとなると、ここも心配です。敵は最新型のバンカー・バスターを使って、秘密地下基地の第５発射基地を破壊したと思われます」

主任参謀の鎮上校が張司令員にいった。

張も心配になった。

第５発射基地は岩盤をくり貫いた地下40メートルに造った基地だった。このロケット軍司令部よりも深い地下基地だ。それが正確な爆撃によって、壊滅したのだ。

「しかし、敵がここを見付けて攻撃して来る頃には、すべて終わっていますよ」

鎮上校は頭を振った。

電話が鳴り響いた。鎮上校はおもむろに受話器を取り上げ、耳にあてた。

「はい。司令員に代わります」

受話器を差し出した。

「中南海の周金平中央軍事委員会主席からです」

「なんだって？　周金平は解任されたはずじゃないか」

「しかし、そう名乗っています」

　張国偉上将は受話器を耳にあてた。

『張司令員かね。周金平総書記だ。私は中央軍事委員会主席として命令する。核弾道弾の発射はすべて中止せよ。いいな、中止するんだ』

　周金平は甲高い声で命じた。

「畏れながら、閣下は中央軍事委員会の決定で中央軍事委員会主席を解任されているはずですが」

『解任は無効だ。あれは秦上将による強制的解任で、委員会で決まったことではない』

「閣下、そういわれても、自分には、それを確かめる方法がありません。我々民族統一救国将校団の同志たちは、全員、閣下を中央軍事委員会主席であると認めていませんので、中止命令は拒否いたします」

『私の命令を拒否するというのか？　国家反逆罪だぞ』

「どういわれようと、従えません。もし、閣下が中央軍事委員会主席であるというのなら、軍事委員会の秘書長の楊中将を出して下さい。我々は楊秘書長の命令を受領したので、取り消し命令も楊秘書長からのものでないと、従うわけにはいきません」

電話の向こうで交替する気配があった。

『張司令員、総参謀部の劉小新上校です』

「おう。劉上校か。いったい、どうなっているんだ？　だいいち、貴官は華南派遣軍にいるはずではないか。なぜ、中南海にいる？」

『司令員閣下、自分は亡くなった賀堅参謀長の代理として、中南海に来ています。閣下はご存じないと思いますが、総参謀部は周金平中央軍事委員会主席の復帰を承認し、日米との戦争を終決させることを決めました。

戦争は終わりです。ですから、核ミサイルの発射は全部取り消してください。これは総参謀部の方針です』

「なんだと！　楊中将がそう決めたのか？　楊中将を電話に出せ」

『いえ。楊中将はここに居ません』

「居ないだと？　どこにいる？」

『我々は楊中将を国家反逆罪容疑で逮捕し、拘留しました』

「なんだって！　劉上校、貴官たちとは誰のことだ？」

『作戦室長の黄子良大校をはじめ、何炎大校、卓康勝中校などです。総参謀部のほとんどのメンバーが我々の側につきました。周少将閣下、汪石大校の二人も同罪で拘束してあります。いずれ軍事法廷にかけることになりましょう』

「裏切り者！　貴様、民族統一救国将校団の同志を敵に売り渡したのだな」

『司令員閣下、戦争終決方針は、民族統一救国将校団に集まった同志たち大多数の賛同を得たものです。閣下も、どうか、我々に合流してください』

「貴様たち、裏切り者の命令が聞けるか」

張国偉は電話の受話器をフックに叩きつけて切った。それでも怒りが収まらず、電話線を引き抜いた。張司令員は操作盤に張りついている要員に怒鳴った。

「今後、誰の電話も取り継ぐな。総参謀部も敵に乗っ取られた。もはや、我々だけで戦うしかない。各発射基地に命令しろ。直ちに各目標に向けて核弾道弾を発射せよ。日米の帝国主義者に屈伏するな。彼らに思い知らせてやれ」

操作盤に張りついていた要員たちは、一斉に各基地に対して、発射命令を伝達しはじめた。

張司令員は電子状況表示板を見上げた。まだ残っている発射基地に発射準備完了の青いランプが点灯しはじめた。

「鎮上校、我々が人民解放軍のど根性を日本やアメリカに見せてやろうではないか」

張司令員は不敵な笑みを浮かべ、鎮上校に話し掛けた。

4

　劉小新は青ざめた顔で受話器を置いた。

　いくらダイヤルをしても、ロケット軍司令部は誰も出なかった。周金平中央軍事委員会主席が溜め息をついた。

「万事休すか」

「しかし、このまま、手をこまねいていては、核ミサイルが東京や大阪、沖縄、台北などに飛び、何百万人、いえ何千万人もの死傷者を出すことになります」

　劉小新は周囲にいる中国政府の閣僚たちを見回した。胡金濤党総書記も言葉を失い、腕組みをしたままだった。

　事態の深刻さに、居合わせた誰もが黙りこくった。

　劉仲明特別顧問は天を仰いだ。

「もはや、これまでか」

　南郷誉ははっとして、顔を上げた。

「ひとつだけ方策があるかも知れない」

「どんな?」劉仲明特別顧問が南郷を見た。

「携帯電話は？」

すかさず野添司令が衛星中継の携帯電話を差し出した。

南郷は携帯電話のアンテナを伸ばし、ボタンを押した。

「どこへかける？」

「弟です。上海にいる弟の勝に。やつなら、止めることができるかもしれない」

携帯電話を耳にあてた。やがて相手が出た。

「勝か、俺だ。頼みがある。時間がない。大至急に手を打ってほしい」

南郷誉は息急き切って話しだした。

5

上海　12月24日　１１３０時

南郷勝は落ち着かない様子で、冬冬たちの部屋と、明明たちの部屋を行ったり来たりしていた。

弓はコーヒーの入ったマグカップをテーブルの上に置いた。

「兄さん、うろうろしないで、コーヒーでも飲みなさい。兄さんが、いくら焦っても、時間は止まらないのよ」

「うむ。そうだな」

勝は苦笑いし、マグカップを手に取った。

だが、一口二口、コーヒーを啜ると、また落ち着かず、冬冬少年のコンソールに行き、背後からディスプレイを覗き込んだ。

「ロケット軍司令部のコンピューターが弾道弾のデータを弾き出しはじめたよ。弾道弾の飛行ルートを計算しているんだ」

ディスプレイには複雑な数字が並び、くるくるとめまぐるしく数字が入れ替わって行く。弾道弾の飛行ルートと地図を照合する画面が出たりしている。

「これを妨害する方法はないのか？」

「データを書き替えることができれば、なんとかなるのだけど…」

冬冬はしきりにキイを叩き、あれこれ操作しているが、うまく行かないようだった。

突然、数字の表示が消え、ディスプレイに東アジアの地図が現われた。全国に散った弾道弾発射基地から目標までを、それぞれ弧を描いて線で結んである。

弓は、その地図を見て、思わず叫んだ。

「あ、これ、目標ね。ひどい。東京、大阪、沖縄が入っている。ハワイもロスも、ワシントンも…目標になっているわ」

　隣室から明明が勝を呼んだ。

「ボス、サイバー・ポリスが不法アクセス・ルートを辿って犯人捜しをはじめた。ロケット軍へのアクセスはまだ時間がかかるかい？」

「ああ、もう少しだ」冬冬は大声で答えた。

　明明は国家安全部のサイバー・ポリスのコンピューターに侵入して調べていた。

「あと何分？」

「五分ほどだ。いまマドリッドだ。おっと、リスボンまで来た。すごいスピードで、経由地を追っている。

　そちらで、追跡を妨害できないか？　こちらはアクセスしたばかりだ。調べたいことも調べてない」

「了解了解、妨害してみる」

　明明の返事があった。

　勝は時計を見上げた。

　１１４０時。

　誉から緊急の電話が入って、すでに十分が経過している。

　一発でも核ミサイルが発射されたら、と思うと、勝は居ても立っても居られなかった。

「冬冬、もう時間がない。なんとか、ミサイルの発射を妨害できないか？」

「非常手段を使えば、なんとか発射を止めることができるかもしれない。でも、敵が事前に対策を練っていたら効果はない。一か八かの賭けだけど」

「よし。やってみてくれ」

「うん。やってみよう。明明、サイバー・ポリスが追いつくまで、あと何分の余裕がある？」

　冬冬はキイを叩きながら、大声できいた。

「相手の邪魔したから、少し延びただろうが、それでも、あと五、六分だろうな」

「五、六分か、きついな」

　冬冬はディスプレイを睨みながら、猛烈な勢いでキイを叩き、データを入力しはじめた。勝は生唾を飲んだ。

「何をするんだ？」

「ロケット軍のコンピューターの電源を破壊するんだ。そうすればミサイルをコントロールするコンピューターが動かなくなる。そうすれば、ミサイルは飛ばせなくなる」

「いいね。いい考えだ」

「ロケット軍司令部のコンピューターは自家発電所を電源にしている。だから、外の発電所の電源が切れても、自家発電所に切り替えるので、コンピューターには支障がない。その自家発電所を動かなくした上で、メインの変電所をシャットダウンする。そうすれば…」

冬冬は指をぽきぽき鳴らし、最後のリターンキイを押した。

「これで、いいはず」

突然、ディスプレイが真っ暗になった。

「シャットダウン！　アクセスも終わりだ」

「おーい、冬冬、何をした？　サイバー・ポリスの追跡が切れたよ。国家安全部の全コンピューターがダウンしている」

明明が叫ぶようにいった。

「そうか。ロケット軍司令部のコンピューターは国家安全部のコンピューターと同じ電源から電気を取っていたんだ」

冬冬は大声で笑った。

勝は冬冬の頭を撫でた。

「でかした、でかした。それでこそ、我が少年探偵団だ」

弓は呆気に取られて、冬冬と勝を見た。

「これで、復旧するまで、ミサイルは発射できない。敵はきっと、二度と外から電源を切れないよう工夫するはずだから、この非常手段は二度使えないんだ」

「復旧には、どのくらい時間がかかるかな？」

「ブラックボックスになっている電子回路を破壊したから、故障箇所が分からなければ、数時間から半日はかかると思うな」

冬冬はいい、肩をすくめた。勝は大きくうなずいた。

「よし、その時間のうちに、手を打てばいいんだな」

勝は携帯電話を取り上げ、ダイヤル・ボタンを押した。携帯電話を耳にあてた。

「ああ、誉兄貴かい、うまく行った。コンピューターをシャットダウンさせた。いまのうちにやってほしい」

勝は勢い込んでいった。

6

突然、電子状況表示板が消えた。ほとんど同時にロケット軍司令部の電灯という電灯が消え、真っ暗になった。

代わって、赤い非常灯が点灯した。

コンピューター操作盤の電源も切れてしまい、要員たちは慌てふためいていた。

「どうした？」

張司令員は何事が起こったのか分からず、呆然としていた。鎮上校が電話機を取り上げたが、電話の回線も切れていた。

「予備の電源はどうした？」

鎮上校は部下に怒鳴った。保安要員が懐中電灯を手に司令部から駆け出していった。

「自家発電装置も作動しません。保安係を行かせました。もう少しお待ちを」

「いったい、どうしたというんだ？」

「発電所か変電所がやられたらしいのです。外からの電気が来ません」

「修復にどのくらい時間がかかるんだ？」

「分かりませんが、大至急、復旧させます。もう少し待ってください」

コンピューター要員たちは、操作盤のレバーやボタンをあれこれいじっているが、まったく動く様子がなかった。

「これではミサイルの発射を指令できないではないか」

「電気が復旧すれば、すぐにでもコンピューターを立ち上げて、指令することができます」

「データが消えることはないだろうな」

「バックアップ・システムがありますから、大丈夫です」

鎮上校は多分という言葉を飲み込んだ。

もし、これがサイバー・テロでなく、普通の故障だったら、データを破壊されることはない。

保安係が司令部に戻ってきた。

「司令員、自家発電装置がどうしても動きません。コンピューター制御装置に、サイバー攻撃された可能性があります」

「というと、どうなるんだ？」

「電子装置を基盤ごと取り替えないと、発電できません。大至急、総後勤部にいって、代わりの基盤を取り寄せます」

「仕方がない。早く取り寄せろ」張国偉は苛立った声を上げた。

保安係が急いでドアを開け、外に出ていった。エレベーターも止まっているらしく、保安係は階段を駆け上がって行った。

どこかで銃声が起こった。張司令員ははっとして顔を上げた。保安係が出て行った方角から、また連射音が響いた。

「警備兵！　いまの銃声は何だ？」張司令員は大声できいた。

入り口にいた警備兵たちが、銃を手に階段を駆け登った。

鎮上校も戸惑った顔で出入口を見た。どやどやっと階段を降りてくる人の気配があった。自動小銃の連射音が轟いた。

警備兵たちが転がり落ちてきた。駆け降りてくる警備兵が叫んだ。

「敵襲！　敵襲！」

張司令員は腰の拳銃を抜いた。鎮上校も拳銃を手にドアに駆け寄った。

いきなり階上から銃声が起こった。銃弾が鎮上校の軀を射抜いて飛んだ。鎮上校は声も立てずに床に転がった。

張司令員は拳銃を出入口に向けた。保安要員の何人かも突撃銃を入り口に向けた。

突然、天井に激しい爆発が起こった。天井が破れ、土砂や破片が降ってきた。

張司令員は驚いて飛びのき、壁際に寄った。破れた天井の穴からロープが何本も投げ降ろされた。そのロープを伝わり、何人もの黒装束の人影がするすると降りてきた。

張司令員は拳銃を人影に向けた。引き金を引いた。発射音が響き、人影の一人が弾かれたように倒れた。別の人影の手元が光った。張司令員は胸や腹に電撃のような激しいショックを受けて、床に転がった。

「ムーブ、ムーブ」

英語の号令が聞こえた。人影の一人が張国偉に駆け寄り、短機関銃を突き付けた。

灰色にフェイス・ペインティングした顔が覗き込んだ。

アメリカ兵だと分かった。

アメリカ軍の特殊部隊が急襲して来たのだ。張司令員はそう思いながら、だんだんと意識が遠退くのを感じた。

7

０９４型原潜「長征11号」は静かに浮上しつつあった。

単艦長は腕時計に目をやった。

１２０４時。

発射中止命令はついに来なかった。

まもなくミサイル発射時刻の１２１０時になる。

深度50。

微速前進。

「浮きブイ、出ました」通信士官が告げた。

「よし。受信開始」「受信開始」

唐副長が冷ややかな口調でいった。

「艦長は中止命令を待っているみたいですね。もう攻撃許可時間に入っています。直ちに核ミサイルを発射すべきだと思いますが」

「いわれなくても、分かっている。慎重の上に慎重にしなければならんのだ。核攻撃は普通弾頭ミサイル攻撃とはまったく違う。核戦争の戦端を開くか開かないかの問題だ」

単艦長は通信士官に命じた。

「ロケット軍司令部に再度確認しろ。核ミサイル発射をしてもいいのか、どうか、問い合わせるんだ」

通信士官は復唱し、無線機のダイヤルを回しながら、マイクを手にした。

「艦長、電波を発信すれば、敵に感知されます」

「電探員、敵機はいるか？」

「不明です」レーダー要員が答えた。

「艦長、ロケット軍司令部が何度コールしても出ません」

通信士官が答えた。

「出ない？　そんなはずはない。何度もコールしろ」

単艦長は唇を噛んだ。

いったい、どうして、ロケット軍は出ないのだろうか？

「海軍司令部にコールしろ」

「海軍司令部を呼びます」通信士官がいった。

「艦長、無駄なことは止めましょう。攻撃命令が出ているのですぞ。直ちに乙09地点に向かうべきだと思いますが」

唐副長はやや強い口調でいった。

単艦長は唐副長の意見具申を無視した。

「艦長、海軍司令部も出ません」

「なんだと、何度もコールするんだ」

いきなり、レーダー要員が叫んだ。

「艦長、敵機感知しました。索敵レーダーを発しています。対潜哨戒機です」

単艦長は弾かれたように命じた。

「急速潜航！　全速前進！　深度150まで」「急速潜航！　全速前進！　深度150まで」

「艦首下げ角30度。艦尾上げ角20度」復唱が起こった。

「浮きブイ、収容しろ」

単艦長はつぎつぎに指示し、手摺りに摑まって急角度で潜航していくのに耐えた。

浮きブイから、電波を発信しているのを、哨戒機は嗅ぎ付けただろうか？

それ以上に、核ミサイルを発射する命令に気が重かった。

できれば、発射しないで、やり過ごしたかった。

「深度１５０です」

「よし。減速、原速12ノット」「減速、原速12ノット」

単艦長は覚悟を決めた。

「航海長、乙09地点に向かう。針路は？」

「針路２１０です」航海長が海図を見ながら告げた。

唐副長がうなずいた。

「よし。針路２１０。第１戦速」「針路２１０、第１戦速」

操舵員が復唱した。０４５型原潜「長征11号」は、艦首をゆっくりと乙09地点に向けて、時速18ノットで航行をはじめた。

単艦長は唐副長にいった。

「副長、目的地まで操船してくれ」

「了解」唐副長はうれしそうにいった。

「何かあったら、呼んでくれ」

単艦長は目と目の間を指で摘んでほぐしながら、艦長室に戻った。

椅子に腰を下ろし、小さなデスクに向かった。

航海日誌を開いて、ロケット軍司令部にも海軍司令部にも連絡が取れなかったことを記した。

命令の確認が取りたかった。すでに中止命令が出ない限り、攻撃せよ、という命令は出ている。

だが、ひょっとして、中止命令を見逃したやも知れなかった。

ロッカーを開け、アスピリンの壜を取り出し、何錠かを出し、口に放りこんだ。ポットの白湯を湯飲み茶碗に注いで飲んだ。

8

国連PKF前線指揮所は、南郷誉の「ロケット軍のコンピューターをシャットダウンさせるのに成功した」という報告に、どっと湧いた。

「これでロケット軍司令部は、ミサイル発射基地にデータを送れなくなり、弾道弾の発射を阻止することができました。現在も、シャットダウン状態は続いているとのことです」

「よくやった。そのちびっ子ハッカーたちに、何かご褒美を上げなければならないな」

劉仲明特別顧問は南郷と握手をした。林参謀次長も南郷の肩を叩いて喜んだ。

劉小新上校も顔をほころばせた。周金平中央軍事委員会主席もはじめて細い目をさらに細くして笑った。

通信担当参謀がヘッドフォンを耳にあてたまま、告げた。

「いま、アメリカ軍の指揮所からも朗報が入りました。ロケット軍司令部に特殊部隊が急襲し、これを占拠したとのことです」

また拍手が起こった。

「これで駄目押しだ。敵からロケット軍さえ、奪えば、もう恐いものはなしだな」

野添司令がほっとした顔でいった。

「いや、心配な問題がまだ一つ残っています」

南郷誉は大声でいった。みんなは話すのを止め、南郷の方を見た。

「何が心配な問題として残っているって？」

劉仲明特別顧問が笑いながら怪訝な顔をした。

「白鯨です。０９４型戦略原潜『長征11号』が核ミサイルを撃つ可能性が高い」

みんなは静まり返った。

「弟の渉が、いま対潜哨戒機で、必死に白鯨を追っているが、その行方が杳として分からない。『長征』には、十二発の戦略核弾頭を保有しています。行方が分からなくなる前に、砲兵と海軍司令部から、日本への核攻撃命令が出ているのが確認されています。その白鯨を撃沈しないことには、安心できません」

周金平中央軍事委員会主席が口を開いた。

「ロケット軍に対して出したように、白鯨へも中止命令を出せないのかね。私が直接、艦長に話して中止命令を出してもいいが」

　南郷はうなずいた。

「連絡を取ろうにも、白鯨には連絡が取れないのです。定時の時間、10分ほどしか、白鯨は受信しないのです。常時、深海に潜り、電波とは遮断されている」

「厄介な問題だな」劉仲明特別顧問は溜め息をついた。

「ただ、分かっていることは、白鯨が日本領の沖ノ鳥島海域に回遊している可能性が大であることです。いま海自と米海軍が全力をあげて、捜索をしているところです」

　南郷は伝えた。

「一難去って、また一難か」

　劉仲明特別顧問は顎を撫でた。劉小新が立ち上がった。

「そうだ。父なら知っているかもしれない」

「親父さん？　そうか、大江兄は海軍参謀長だったな」

　劉仲明特別顧問は顔を明るくした。劉小新の父・劉大江は劉仲明の兄だった。

「いま、大江兄はどこにいる？」

「青島の海軍司令部にいると思います」

「番号は分かるか？」

「部下に調べさせます」

劉小新は携帯電話を手に取った。ダイヤル・ボタンを押し、耳にあてた。みんなは固唾を飲んで劉小新の電話に耳を澄ませた。

9

1215時。

絶対に「長征11号」は、この海域のどこかに潜んでいて、核ミサイルを発射する機会を狙っている。発射するためには、海面近くに浮上する。

そのチャンスを捉まえ、一発必中で撃沈しなければならない。

南郷渉2佐は舷窓から、海面を見下ろした。

風が出てきたらしい。海面には一面、白い三角波が立っていた。

天候は曇り。北からの風。風力12。

沖ノ鳥島は霞んでいた。

佐世保から駆け付けたイージス護衛艦「ちょうかい」と護衛艦「きりさめ」が島の南海域に張りつき、空母型護衛艦「いせ」、護衛艦「いなづま」が北海域に張りついて哨戒していた。

島の西海域には「しまかぜ」「すずつき」が、島の東海域には「さみだれ」「さざなみ」が、それぞれ張り込んでいた。

万が一、核弾道弾ミサイルが発射された場合、発射直後の上昇中なら、まだ速度がつかないので、「ちょうかい」や「しまかぜ」が搭載しているスタンダード・ミサイル（SM）で撃墜できる。

艦尾から流す曳航ソノブイは、周囲一〇〇キロメートルに潜む潜水艦を捜索する能力も持っている。

護衛艦には、いずれも対潜ヘリコプターが搭載されており、周辺海域を哨戒飛行しては、潜水艦を捜している。

その上にさらに南郷渉2佐、石山2佐、トム・ボウディン海軍中佐が搭乗した日米の対潜P―1チームが哨戒飛行しているのだ。

二段構え、三段構えの万全な「長征」捜索態勢だった。

対潜哨戒機P―1はフェザリング飛行をはじめた。四発のエンジンのうち、第1、第4エンジンを止め、空回りの状態にして飛行するのだ。そうすると双発の飛行機と同じになり、しかも空回りするプロペラがエアブレーキになって、対地速度をさらに落とすことになる。

「3号ピンガー投下」

対潜要員が叫んだ。機体からソノブイがくるくると回転しながら海面に落下する。

「4号ピンガー投下用意」対潜要員が叫ぶ。

ソノブイは、海中にいる潜水艦の立てるスクリュー音や原子力潜水艦特有の原子炉関連のパイプが立てる音や蒸気の発する音などを拾い上げる。

「4号ピンガー投下」

また、四本目のソノブイが海面に水しぶきを上げた。

対潜要員たちは、ヘッドフォンをかけ、水中の物音に耳を傾けていた。

無線通信士が南郷に手を上げた。

「南郷誉さんからです」

南郷はヘッドフォンをかけた。口元のマイクを押さえた。

「兄貴、何か分かったかい？」

『長征の位置について、重要な情報が入った。長征は乙09地点に入って、そこから核ミサイルを発射することになっているそうだ』

「乙09地点？　何だ、それは？」

『乙は沖ノ鳥島の暗号コード。乙島と呼んでいる。乙09地点は、乙島の南9キロメートルだ』

「了解。よく分かったな」

『中国海軍司令部の参謀長が教えてくれた情報だ。頼むぞ』

「了解。恩に着る」

交信が終わった。南郷は対潜要員たちにいった。

「いま入った情報によると、沖ノ鳥島の南9キロメートル付近の海域に白鯨は潜んでいるそうだ」

「了解、我々の担当する海域ですね」

「9キロメートルというと、1号ピンガーを落とした付近だ」

「南郷から機長へ」

南郷はマイクにいった。

「標的は1号ピンガー投下付近に潜んでいる模様だ。そちらへ飛んでほしい」

『ラジャ』

機体が傾いた。大きく旋回して、沖ノ鳥島の南側に向かった。

「対潜哨戒機から、ちょうかいへ」

南郷はチャンネルを変え、護衛艦が使う周波数に合わせた。

『ちょうかい、どうぞ』通信士の声が返った。

南郷は「ちょうかい」に、誉兄からの情報を告げた。

「ちょうかい」や「いせ」「しまかぜ」などが遠巻きに、島の南9キロメートル付近の海域を囲めば、絶対に白鯨を取り逃がすことはないだろう。

南郷はなんとしても白鯨は自分が狩ると決心した。

10

単艦長は発令所に戻った。

「深度２００、第1戦速。針路２１０」

唐副長が告げた。単艦長は指揮を引き継いだ。

「艦長、まもなく乙09です」唐副長は念を押した。

「うむ」

単艦長はうなずいたが、まだ悩んでいた。

ロケット軍司令部も、海軍司令部も無線に出ないのには理由があるのに違いない。もしかすると、どちらの司令部も敵にやられてしまった可能性がある。中国は日本との戦争に負けたのかも知れない。

すでに司令部がないのに、自分たちだけが戦いを続けて、どういう意味があるというのか？　まして、自分たちが所持しているのは、世界を滅ぼしかねない十二発もの核弾頭ミサイルだ。たとえ、事前に攻撃命令を受けていたとしても、その後の状況で、命令が取り消された可能性もある。

単艦長は操舵員に命じた。

「浮上する。艦首上げ角15。艦尾10度。原速」

操舵員が復唱した。

「浮きブイ、発射用意」「浮きブイ、発射用意」

唐副長が訝った。

「艦長、浮きブイを出したら危険です。何をしようというのですか」

「副長、これが最後の試みだ。万が一、海軍司令部かロケット軍司令部から中止命令が出ていたら、たいへんなことになる。もう一度、司令部に確認を求めてからでも、発射は遅くはない」

「しかし、…」唐副長は不満げだった。

みんなが二人のやりとりを不安そうに見ていた。単艦長は決然としていった。

「命令だ」

「深度50です」

操舵員が告げた。単艦長は通信士官に命じた。

「浮きブイ、発射！」「浮きブイ、発射」

圧搾空気が浮きブイを海中に押し出す音が響いた。

単艦長は祈る思いで、浮きブイが海面に浮上するのを想像した。

「針路そのまま、微速前進」「針路そのまま、微速前進」

やがて、通信士官が告げた。

「浮きブイ、海面に出ました。交信開始します」

通信士官が無線機で、盛んに海軍司令部を呼び出した。

「艦長、危険です。敵に見つかる」唐副長はいらついた声を上げた。

「艦長、海軍司令部、出ました」通信士官が顔を上げた。

「どれ」

単艦長は通信士官からヘッドフォンを受け取り、耳にあてた。

『海軍司令部から「長征11号」艦長へ』

「こちら『長征11号』艦長、海軍司令部どうぞ。ミサイル発射の命令は不変か？」

『…艦長へ。発射命令は取り消…』

単艦長は息を呑んだ。命令は最後まで聞き取れなかった。

「司令部、よく聞き取れない。命令はどうした？」

「敵機、上空に敵機！」レーダー員が怒鳴った。

『…中止せよ！　命令は取り消す…』

「艦長、敵機接近！」レーダー員ががなるようにいった。

単艦長は反射的に叫んだ。

「急速潜航！　急速潜航！」

潜航を告げるブザーが鳴り響いた。

「全速前進！」「全速前進」

艦は急角度で潜航を開始した。

「艦首の下げ角35度、艦尾上げ角25度」

「浮きブイ、収容しろ」「艦長、浮きブイ、ケーブルが切れました」

単艦長は舌打ちをした。もう、交信するには海面に浮上して、アンテナを出すしか方法はない。

「深度３００」「深度３００」

「長征11号」は真っ暗な深海に突き進んでいった。

11

「ターゲット発見、ターゲット発見」

対潜要員が機長に告げた。

南郷も右の舷窓から白波の立つ海面に、一筋の白い航跡が走るのを見た。目の錯覚ではない。浮標を曳航する航跡だ。白鯨がどこかと無線交信していたのに違いない。

「1号ピンガー、ターゲットのスクリュー音キャッチ」

対潜要員は叫んだ。南郷はマイクに告げた。

「右旋回せよ、ターゲット発見、右旋回せよ」

『ラジャ、右旋回する』機長の声が返った。

機体は右に傾き、旋回をはじめた。

「1番発音弾投下！」対潜要員が叫んだ。

機体下部から黒い弾体が投下された。水しぶきがあがる。

「2番発音弾投下！」

発音弾が順次投下される。発音弾は着水と同時にソナー音を発しだす。

潜水艦の周囲に投下された発音弾はソナー音を立てて、潜水艦を追う。ソナー音は潜水艦に反射して戻る。

それをすでに投下してあるソナブイのパッシブ・ソナーがキャッチして、三次元的に潜水艦の位置を特定するのだ。

「…4番、投下」

南郷は固唾を呑んで、潜水艦を狩るハンターたちの姿を見ていた。

対潜哨戒機P―1は低空にゆっくりとした速度で、右旋回を続けている。

彼方にいたイージス艦「こんごう」が、こちらに艦首を向けて進みだすのが見えた。護衛艦「いせ」の飛行甲板から対潜哨戒ヘリがつぎつぎに離艦している。いよいよ、白鯨狩りが開始されたのだ。南郷は心躍るのを感じた。

12

ソナー音が艦の外壁をしきりに叩いていた。あちらこちらから、ソナー音が響きわたって来る。原潜「長征11号」は水深230メートルの岩棚に着底し、じっと息をひそめていた。

「艦長、戦争が終わったのなら、日本海軍は我々をこんなに追い回さないでしょう」

唐副長はいらだちを抑えていった。単艦長は頭を振った。

「いや、たしかに司令部は発射命令は取り消すといっていた。私はこの耳で聞いた。このまま、我が艦は引き揚げる」

「艦長、発射命令を守らないのですか。それは国家反逆罪だ」

「通信士官、貴官も命令取り消しといっているのを聞いただろう?」

単艦長は通信士官の蔣中尉にきいた。

「…いえ、自分は聞いていません。何か命令がどうのというのは聞こえたような気がするのですが、はっきりとは聞こえませんでした」

蔣中尉は済まなそうにいった。

「ともかく、司令部は、命令取り消しを私にいったのだ。これは艦長命令だ。ミサイル発射は行なわず、戦闘海域を離脱する」

「艦長、そうは行きません。ロケット軍司令部の命令に従わないなら、軍服務規定違反として、艦長を逮捕し、艦長の権限を剥脱します」

唐副長は自動拳銃を単艦長に向けた。単艦長は平然として、操舵員に命じた。

「半速前進、針路180」「半速前進、針路180」

操舵員が復唱し、舵輪を回そうとした。

「艦長、あなたを解任します」

唐副長は命令口調でいった。

「航海長、水夫長、艦長を逮捕し拘留しろ」

航海長も水夫長も唖然として、二人の対立を見ていた。

「何を血迷った。副長、おまえこそ解任だ。…」

唐副長は拳銃を発射した。

銃声が艦内に響いた。乗員たちは凍り付いた。

単艦長は胸に開いた弾痕を押さえ、よろめいた。

「お、おまえ、何をする…」

「ただいまより、副長の私が艦長となって、この艦を指揮する。命令に従わない者は、国家反逆罪で逮捕する。国家反逆罪の最高刑は死刑だ」

唐副長は大声でいった。その気迫に押され、乗員は誰も動かなかった。

「医務官！　単艦長を診てくれ」

航海長が単艦長の軀を抱え起こした。医務官が通路を慌ただしくやって来た。

単艦長の胸の弾痕に止血帯を押し当てた。

「助かるか？」航海長がきいた。

「だめだ。長くはない」医務官は頭を振った。

「顧航海長、きみを副長に任命する」

航海長の顧中尉は姿勢を正した。

唐副長は単艦長の首に下げていた鍵を取り外し、顧航海長に放った。顧航海長は慌てて鍵を受け取った。

「ここから運び出せ」

唐副長は医務官に命じた。

単艦長は何かいいたげに、唐副長を指差した。だが、何も口から発しなかった。

乗員たちが単艦長の軀を抱いて、医務室に運んで行った。

「これから、乙09地点に潜航する。針路変更220。第1戦速」

操舵員が復唱し、舵輪を回した。機関室に速度を知らせる。

「顧、来い」

唐副長は首に下げた鍵を取り出した。

「これから、核ミサイルの発射装置の解除スウィッチを入れる。貴官の持っている鍵をここへ差し込んで、一緒に回すんだ」

唐副長は核ミサイル発射装置の鍵穴に自分の鍵を差し込んだ。顧航海長も艦長の持っていた鍵を差し込んだ。
一、二、三で、二人は一緒に鍵を回した。
ミサイル発射装置に電源が入った。ミサイルの電子装置が生き返った。

パネルのすべてのランプが赤色から青色に変わった。

後は発射ボタンのカバーを外し、赤いボタンを押すだけだ。

「乙09まで、マイナス5」操舵員が告げた。

「浮上。深度50」「浮上。深度50」

「艦首、上げ角15度、艦尾10度」

操舵員が復唱する。艦はゆっくりと浮上をはじめた。

「駆逐艦、高速接近」

「方位と距離は？」

「方位２７０。距離1万２０００。二隻です」

唐副長は顔を紅潮させて叫んだ。

「魚雷戦用意！」「魚雷戦用意」

緊急配置につけというブザーが艦内に響いた。

「1番、2番、3番、4番、発射管用意」

顧中尉が復唱し、魚雷発射装置のパネルをチェックした。

「駆逐艦、高速接近。三隻です」

「増えたか。方位？」

「方位２７０。一隻だけ、距離1万４０００」

「乙09地点までの距離は？」

「２０００」

「深度50です」

唐副長は海上にいる敵艦が見たかった。

「潜望鏡深度」「潜望鏡深度まで浮上」

操舵員が復唱した。顧中尉は驚いた。

「減速、半速前進」「減速、半速前進」

艦の速度が緩くなった。

「潜望鏡を上げろ」

唐副長は上がってきた潜望鏡を覗き、ぐるりと一回転させせ、全周を見た。ビデオカメラで撮影する。

水平線上を波を蹴立てて駆ける駆逐艦三隻の影が見えた。

上空に対潜哨戒ヘリの機影があった。

「潜望鏡を下げろ」

「急速潜航！　下げ角10度」「下げ角10度」

「深度50まで」「深度50まで」

唐副長は宙を睨んだ。

ミサイル発射には、50メートルほどの水深がいい。早く潜ってくれ。

長い時間が経った気がした。操舵員が告げた。

「深度50です」

艦の姿勢が水平に戻った。

「よし。深度そのまま。第1戦速」

「第1戦速」

艦の速度が上がった。

「敵艦、距離1万」ソナー員が告げた。

唐副長は怒鳴るように命じた。

「1、2、3、4番、魚雷発射！」

顧中尉が発射ボタンをつぎつぎに叩いた。艦首の方から圧搾空気が噴出する音が連続した。唐副長はついで叫んだ。

「1号ミサイル発射用意！」

1号ミサイルは東京に目標を設定してある。日本の東京にまず、一発原爆をお見舞いしてやる。

「1号ミサイル発射用意」

顧中尉が復唱し、ミサイル発射装置のパネルのスウィッチ・カバーを開けた。

「2号ミサイル発射用意」

顧中尉が復唱し、カバーを開けた。2号ミサイルの目標は沖縄だった。

ミサイル・サイロに海水が注入する音がした。ついでサイロの蓋が開き、水を切る音が伝わってくる。

「艦長、上空に敵機！」

「なに？」

「対潜哨戒機です。魚雷投下音キャッチ！　二発です」

急げ！　誘導魚雷に違いない。

唐副長は、ミサイルは1号、2号だけでも発射しようと決心した。

「1号ミサイル発射！」唐副長は怒鳴り、自ら赤いボタンを叩いた。

ずしんという発射の手応えが艦に起こった。1号弾道弾ミサイルが水中に飛び出すのを感じた。

「2号ミサイル発射！」唐副長は怒鳴った。

顧中尉が赤いボタンに手を伸ばし、叩き押した。

その瞬間、艦にどーんという激しいショックが起こった。

弾道弾ミサイルが水中に射出されるショックとは違う。

唐副長は顧中尉と顔を見合わせた。次の瞬間、爆風が艦内を吹き抜け、どっと海水が雪崩込んできた。

13

「1番、2番魚雷投下！」

戦術航空士が叫ぶようにいった。機体の下部から、二個の魚雷が海面に落下するのが見えた。

南郷はＰ―１の舷窓から海面を見下ろした。左斜め後方の海中に潜航する黒い艦体が揺らめいていた。

白鯨だ！

着水した魚雷が、いったん水中深く潜り、スパイラル航法で航行する。アクティブ・ソナーで索敵し、潜水艦を見付けると自動的に、目標追尾モードに入る。そして、目標に目掛けて魚雷はまっしぐらに高速で突進するのだ。

Ｐ―１は白鯨が潜航した海域を飛びぬけ、上昇して、大きく左旋回をはじめた。

「魚雷、追尾を開始した」

戦術航空士が落ち着いた声で告げた。

『南郷２佐、発見したのか？』石山２佐の声が聞こえた。

「たったいま魚雷を投下したところだ。追尾に入った」

南郷は舷窓から海面を見つめた。その海面が一瞬、白く泡立って盛り上がり、水中から棒状の弾体が飛び出した。

南郷は凍り付いたように、その弾体に見入った。弾体の弾頭のあたりが四つの部分に割れ、その中から白い弾体が現われた。

ロケット・ブースターに点火し、太い白煙を上げて上昇を開始した。

弾道弾ミサイル！

南郷は呆然として、上昇する弾道弾ミサイルに見入った。弾道弾ミサイルは閃光を吐き出しながら、どんどん青空を昇っていく。

核ミサイルが日本へ向かっている！

南郷は「止めろ」と絶叫した。

そのとき、上昇する弾道弾ミサイルを追い掛けて、何本もの白煙の柱がまっしぐらに伸びていくのが見えた。

イージス護衛艦「ちょうかい」から発射された何発ものSM対空ミサイルだった。ゆったりと重々しく昇っていく弾道弾ミサイルの太い白煙の筋に、スタンダード・ミサイルの細い白煙の筋が絡まり交わったりしていたが、ついに追いつき交差した。

瞬間、閃光が走り、弾道弾ミサイルは噴煙に包まれた。

弾道弾ミサイルは上昇を止め、いくつかの部分に割れて、四方に散った。はるか上空から爆発音が響いて来た。

「命中！」

「ようし、よくやった」

「撃墜だ！」

舷窓に集まって見ていた対潜要員たちが拍手をした。

「こちらも命中だ！」

戦術航空士が告げた。

南郷は慌てて海面を見た。今度は海面が爆発で白く盛り上がった。やがて数十メートルの高さの水柱が噴き上がった。

ついで、どーんという爆発音が二回起こり、空気を震わせた。

水面から黒い潜水艦の艦尾が高々と垂直に突出した。そのまま艦は海面に吸い込まれるように沈んで行った。海面には巨大な波紋が拡がった。無数の浮遊物が上がってきた。人間の遺体も見える。

『南郷、見たかい?』石山2佐の喜ぶ声が聞こえた。

『コングラチュレーション！　日本は救われたね。おめでとう』

P—8に乗ったトム・ボウディン海軍中佐の祝う声も聞こえた。

南郷はほっとした。

だが、南郷はどうしても心から祝う気持ちになれなかった。

核戦争をなんとか防ぐことはできた。

だけど、これで問題が解決したわけではない。これから本当の難問が始まるとも思った。

南郷はなぜか、もの哀しい思いに襲われた。むなしさが押し寄せてくる。

いったい、この戦争は何だったのか？　大勢の人々が死に、傷ついた。何のために？

南郷は重い気持ちを抱きながら、無線機のマイクを手に取った。

「南郷2佐から日米合同指揮所へ。戦略原子力潜水艦『長征11号』を撃沈した。これから基地へ帰投する」

合同指揮所からねぎらいの応答が聞こえた。南郷は黙って通話を切った。

対潜哨戒機P—1とP—8は編隊を組み、沈んだ原潜『長征11号』の上を大きく旋回すると、機首を日本に向けた。

三機の日米の対潜哨戒機は、翼を揃え、日本の館山基地を目指して飛行をはじめた。

エピローグ

1

東京・総理官邸総理執務室　12月24日　1800時

浜崎首相は緊急国家安全保障会議（NSC）から引き揚げ、肘掛け椅子にどっかりと座り込んだ。

ともあれ、戦争は終わった。それも、中国に勝利するというカタチで。

浜崎は躯から力が抜ける思いだった。一気に十歳も年を取った気分だ。

秘書官がテレビを点けた。

テレビでは臨時ニュースで、国連総会の即時停戦決議を中国が受け入れ、全戦線において停戦したことを流していた。

秘書官が用意してくれた朝毎読をはじめとする新聞各紙は、いずれも号外を出して、戦争に勝利したことを大々的に報じていた。

浜崎は秘書官にいった。

「テレビを消してくれ」

「はい」

秘書官がテレビを消した。

急に執務室に静けさが戻った。

国会前に集まったデモ隊の太鼓の音とともに、拡声器が『戦争が終わった』『国民は勝利した』『平和が戻った』という喜びの声を流している。

浜崎は肘掛け椅子に蹲るようにして座り、しばらく茫然として、戦争が終わったという感慨に耽っていた。

机の引き出しから、葉巻の箱を取り出した。一本を抜き、シガーカッターで葉巻の端を切り落とした。

震える手でマッチを擦り、炎の中に葉巻を入れ、よく炙りながら煙を吸った。

ことをやり終えたという喜びの一服だ。

しかし、これですべてが終わったというわけではない。

まだ報告が上がって来ないが、アメリカ軍や自衛隊の戦死者は一万人を超えていることだろう。戦傷者の数も、おそらく万を超える多数になっている。

海上保安官や基地要員、船員たちの死傷者も何千人にもなっていると聞く。

さらに、中国軍の大陸間弾道弾の爆撃で死傷した民間人たちも何千人にも上る。

中国側にも、かなり多数の死傷者が出ていることは間違いない。

戦争は大勢の人の命を奪うだけでなく、一度起こると、無数の人々の幸せや家族の運命を破壊する。

浜崎は、葉巻の煙が立ち上る行方を眺めた。

戦争を起こし、大勢を死傷させた責任は、すべて自分にある。

これを機に、戦争の責任を取って、内閣総辞職し、己は政界から引退しよう。

これからの日本は、若い世代の新しい政治家に委ねるべきだろう。

浜崎は、内心で決意した。

いまが辞め時だ。

七十の齢を超え、もう己の時代ではない。

秘書官が声をかけた。

「総理、官房長官がお見えです」

「入って貰ってくれ」

秘書官が下がった。入れ替わるように、北山官房長官が執務室に入って来た。

「総理、お疲れさまでした」

「北山官房長官も、よくやってくれた。礼をいう」

「とんでもない」

北山官房長官は笑いながら頭を左右に振った。

「これからが、日本の正念場ですぞ。国の内外に問題が山積みになっております」

「うむ。分かっている」

「まず、第一に終戦処理です。中国に何を要求するか。日米両国だけでなく、国連PKFに兵を派遣した関係国全部が集まる国際会議を開催して、中国の戦後処理を話し合わねばなりません」

「うむ」

「第二に、中国をCC（中国共同体）に誘導し、権力を分散化させる。そのためには、日米両国が共同歩調を取りつつ、国連主導によって円滑に行なわねばなりません。そのためには、中国各地に成立する自治国家の会議を開かねばなりません。同時に中国国民による民主化が推進されねばなりません」

「うむ。時間がかかるな」

「はい。中国の戦後処理だけで、おそらく十年はかかるかと」

「北山官房長官、この際だから、いっておく。わしは疲れた。戦争終決を機に、内閣総辞職したい」

「はあ？　政権を投げ出すのですか？」

「投げ出すのではない。大勢の戦死者を出した責任を取り、浜崎は総理大臣を辞任するのだ」

「辞任なさる？　しかし、対中戦争に勝利したのですぞ」

「勝った負けたの問題ではない。勝ったとしても、大勢の息子や娘を失った親御さんの気持ちを思うと、誰かがちゃんと責任を取ってけじめをつけねばならんと思うのだよ」

「では、政権は、いかがなさるのです？」

「もはや、七十二歳のロートルが政治を行なう時代ではない。もっと若い世代の者に、政権は譲りたい」

　秘書官がやって来た。

「総理、協和党の桜岡幹事長がお見えになりました」

「うむ。ちょうどよかった。通してくれ」

　秘書官は引き下がった。

「桜岡幹事長を御呼びになったのですか？」

「そうだ。彼にやってほしいことがあるんでな」

　桜岡幹事長が大股で執務室に入って来た。

「戦争勝利、おめでとうございます」

桜岡は浜崎に頭を下げた。顔を上げると、北山官房長官に目礼した。

浜崎は正直な気持ちをいった。

「うむ。負けなくてよかった、といまはほっとしている。だが、まったく勝利した実感はない」

浜崎は穏やかな笑顔を桜岡に向けた。

「わしは、今回の戦争の責任を取って、内閣総辞職することを決めた。そこで、きみに臨時の総理になってもらい、戦後処理内閣を組閣してもらいたいのだ」

「え、私がですか？」

「かつて、日本に進駐したGHQのマッカーサー元帥がいった言葉がある。老兵は死なず、ただ消え去るのみ、とな」

「しかし…」

「これからの時代は、きみたち、若い政治家が日本をリードして行かねばならない」

「若いといっても、私ももう六十代ですが」

「後期高齢者のわしより、十年は若い。いまの日本は高齢化社会だ。年寄りのことは年寄りでないと分からない」

「それはそうですが、総理の座を禅譲されるのは、いかがなものかと」

「そうだな。だが、きみが総理になったら、さっそくに民意を問うために、国会を解散し、総選挙を行なえばいい。わしが行なった対中国戦争の是非を問い、国民の審判を受ける。そうやって、再出発してほしいのだ。新しい日本のために、頼む」

桜岡は唸り、しばらく目を閉じ、考え込んだ。やがて目を開いた。

「分かりました。お引き受けします。総理のご決意は翻意できそうにないし、果たして自分にどれくらいやれるのかは分かりませんが、戦後処理内閣をお引き受けします」

「官房長官、ご苦労だが、桜岡くんを助けてやってくれ」

「はい。分かりました」

北山官房長官は大きくうなずいた。

「では、さっそく党本部に戻り、役員たちを集めて、総理からの提案を検討させていただきます」

桜岡幹事長は頭を下げて挨拶し、執務室から出て行った。

「官房長官、さっそくだが、閣議を開く。みんなの辞表を取りまとめてほしい」

「はい。分かりました」

北山官房長官も執務室から引き下がった。

がらんとした執務室で、浜崎は葉巻を燻らせた。

一応、すべては終わった。

しかし、これが日本の終わりではない、ということも事実だ。

新しいアジアの秩序の構築のための始まりでもある。

日本は、周辺諸国と決して争わず、その新しいアジアの秩序を率いていかねばならない。

合い言葉は、平和。

戦争はもうたくさんだ。あまりに大勢の若者たちの死を見過ぎた。

二度と戦争をやってはいけない。いかなる理由があろうともだ。

浜崎首相は葉巻を灰皿の上に揉み消し、目を瞑った。

どこからか、クリスマス・イブの「清しこの夜」の合唱が聞こえてきた。

2

上海　12月24日　クリスマス・イブ　2000時

上海の街はクリスマスのイルミネーションで飾り立てられ、街中が七色の光に輝いていた。

人々は戦争が終わった喜びに、どっと街に繰り出し、繁華街は人の波で溢れていた。黄浦江の河畔では、華やかな花火が打ち上げられ、河や埠頭に停泊している船は満艦飾に彩られている。

弓は劉進や王蘭、冬冬や明明たち「少年探偵団」の少年少女たちと一緒に黄浦江の畔で打ち上げ花火やレーザー光線を交えた仕掛け光のショーを見物していた。

弓は胸いっぱいに冷たい川風を吸い込んだ。

こんなに平和がすばらしいものだったとは。いまのいままで知らなかった自分がすごく恥ずかしかった。

みんな、幸せそうに笑い合っている。

劉進、王蘭、范鳳英、馬立徳、斉恒明。

みんな、いい友達ばかりだ。ふと旧新疆ウイグル自治区で、別れた童寧を思い浮かべた。

長老のトルガン、パダイ青年隊長、口ばっかりでお人好しのボディガード、アーブーライティ、アブト副隊長、…みんな懐かしい。

いまごろ、彼らも盛大に終戦を祝っているのではなかろうか？

冬冬や明明がおおはしゃぎしている。

生意気で憎たらしい口はきくが、本当はやさしい心の冬冬と明明。そして、「少年探偵団」の愉快なこどもたち。

弓は思わず溢れ出る涙を指で拭った。

「おい、弓、どうした?」

後ろにいた兄の勝が弓の肩を抱いた。

「ちょっと、センチメンタルになってしまった。わたしとしたことが」

「ま、まだ若いってことよ。いいじゃないか。若いうちに、せいぜい楽しんでおくことだぜ。いつ、また何をきっかけにしてか、人はいがみ合い、懲りずにまた戦争をはじめるとも限らない。なあ、兄貴たち、そうだろう?」

勝は横に立っている誉と渉にいった。

「ああ、この中国だって、まだ完全に平和になったとはいえないものな。まだまだ火種はたくさんあるし、それが内部でぶすぶすと燻っている」誉は頭を振った。

「それから、我が日本の歴史は、いつも大陸と無縁ではないし、これからも、きっと、我々日本人は中国にあれこれと振り回されると思うよ。良きにつけ、悪しきにつけ」

渉も溜め息混じりにいった。

誉兄や渉兄のいうことは一理あると弓は思った。

国連や日本、アメリカの仲裁で、華南共和国も満洲共和国もすぐには独立せず、中国連邦共和国の中に留まった。

しかし、三年の準備期間を経て、もう一度国民投票をして、分離独立がいいのか、連邦内に留まるのかを、人々自身が決めることになっている。

台湾は中国も独立を認めざるを得ず、正式に独立国家になった。

旧新疆ウイグル自治区と旧チベット自治区も、国連の援助の下、独立を勝ち取った。

内モンゴル自治区については、住民投票の結果、賛成が大多数であれば、モンゴル人民共和国に合併されることが決まっている。

そのほか、中国国内に住んでいる五十五の民族は、それぞれ、これまで以上の大幅な自治権が認められ、自治共和国として承認されるとともに、将来、独立ができることを含んで、中国連邦共和国に留まることが決まった。

だが、まだみんなが納得して、丸く収まったことではない。妥協の産物、過渡期の産物といった感は否めないのだ。

誉が感慨深げにいった。

「中国が中央集権的な独裁国家の道を拒否して、平和で民主的な国家建設を目指すようになったことだけでも、善しとすべきだろうな。なにしろ、十三億人の巨龍の国だ。数億人ずつ、ばらばらでいてくれて、ちょうどいいくらいで、それが一つの思想、一つの主義、一つの国家に統一されて、まとまって動きだしたら、日本にとっても、アジアにとっても、アメリカやEC、ロシア、世界にとっても、恐ろしい危険な存在になる。中国人自身も、自分自身の力を十分に認識してほしいと思う」

背後から大声がかかった。

「おう、南郷先生やご家族も、ここにいたのか」

振り返ると、分厚いコート姿の劉小新と劉仲明が立っていた。

二人の後には劉家一族が集まり、賑やかに話し合っている。

劉小新は南郷誉と固い握手を交わした。

劉小新が弓たちに目をやりながらいった。

「どうだろう、わたしたちと一緒に飯店で、食事でもしないか？」

「いいね。だが、うちの方は」

誉はみんなを見回した。

「…うちの家族だけでなく、友人、それに親も家族もばらばらの子供もたくさんいるんでね」

「いいじゃないか。一緒に行こう。ここは中国だ。どんな民族も入り交じり、一緒に暮らして行ける国なんだ。共に食事をして話し合い、楽しもう。老いも若きも、互いに知り合えば、あまり喧嘩もしなくなるというものだよ」

「じゃあ、遠慮なく、そうしよう。みんなで劉家のみなさんに合流させていただこう」

「どうぞどうぞ。この近くの飯店を予約してある。さあ、みんなで行こう」

劉仲明がにこやかに誘った。

馬立徳も斉恒明も劉進も、もちろん、王蘭、范鳳英も、弓も賛成した。

冬冬や明明たちはたちまち、劉家の子供たちに合流し、話をはじめている。

「じゃあ、行こう」

馬立徳は范鳳英の手を握り、歩きだした。斉恒明も王蘭と手をつないでいた。

「あ、いつの間に、みんな、そういう間柄になっていたの？」

弓は驚いて口をあんぐり開いていた。

「弓、俺たちも行こう」

劉進が笑いながら、弓の傍に進み出て、弓の手を握った。弓は劉進の顔を見た。

劉進はにっと笑った。弓は手を握り返した。

時間よ、止まれ、と弓は心の中で願った。


（終）

本書は、一九九五年七月より学習研究社から刊行された『新・日本中国戦争』をもとに文庫化にあたり、あらたに２０２１年版新編としてつくりなおしました。

本作品はフィクションであり、実在の個人・団体などとは一切関係がありません。

文芸社文庫

新編 日本中国戦争
怒濤の世紀 第十二部 戦争か平和か

二〇一七年四月十五日 初版第一刷発行

著者 森 詠
発行者 瓜谷綱延
発行所 株式会社 文芸社
〒一六〇－〇〇二二
東京都新宿区新宿一－一〇－一
電話 〇三－五三六九－三〇六〇（代表）
〇三－五三六九－二二九九（販売）
印刷所 株式会社暁印刷
装幀者 三村淳

ISBN978-4-286-18564-4

[文芸社文庫　既刊本]

火の姫　茶々と信長
秋山香乃
兄・織田信長の命をうけ、浅井長政に嫁いだ於市は於茶々、於初、於江をもうけるが、やがて信長に滅ぼされる。於茶々たち親娘の命運は——？

火の姫　茶々と秀吉
秋山香乃
本能寺の変後、信長の家臣の羽柴秀吉が後継者となり、天下人となった。於市の死後、ひとり残された於茶々は、秀吉の側室に。後の淀殿であった。

火の姫　茶々と家康
秋山香乃
太閤死して、ひとり巨魁・徳川家康と対決する於茶々。母として女として政治家として、豊臣家を守り、火焔の大坂城で奮迅の戦いをつらぬく！

それからの三国志　上　烈風の巻
内田重久
稀代の軍師・孔明が五丈原で没したあと、三国志は新たなステージへ突入する。三国統一までのその後のヒーローたちを描いた感動の歴史大河！

それからの三国志　下　陽炎の巻
内田重久
孔明の遺志を継ぐ蜀の姜維と、魏を掌握する司馬一族の死闘の結末は？　覇権を握り三国を統一するのは誰なのか⁉　ファン必読の三国志完結編！

トンデモ日本史の真相　史跡お宝編
原田　実
日本史上の奇説・珍説・異端とされる説を徹底検証！　文庫化にあたり、お江をめぐる奇説を含む2項目を追加。墨俣一夜城／ペトログラフ、他

トンデモ日本史の真相　人物伝承編
原田　実
日本史上でまことしやかに語られてきた奇説・珍説・伝承等を徹底検証！　文庫化にあたり、「福澤諭吉は侵略主義者だった?」を追加(解説・芦辺拓)。

戦国の世を生きた七人の女
由良弥生
「お家」のために犠牲となり、人質や政治上の駆け引きの道具にされた乱世の妻妾。悲しみに耐え、懸命に生き抜いた「江姫」らの姿を描く。

江戸暗殺史
森川哲郎
徳川家康の毒殺多用説から、坂本竜馬暗殺事件の謎まで、権力争いによる謀略、暗殺事件の数々。闇へと葬り去られた歴史の真相に迫る。

幕府検死官　玄庵　血闘
加野厚志
慈姑頭に仕込杖、無外流抜刀術の遣い手は、人を救う蘭医にして人斬り。南町奉行所付の「検死官」が、連続女殺しの下手人を追い、お江戸を走る！

蒼龍の星㊤　若き清盛
篠　綾子

三代と名づけられた平忠盛の子、後の清盛の出生の秘密と親子三代にわたる愛憎劇。やがて「北天の王」となる清盛の波瀾の十代を描く本格歴史浪漫。

蒼龍の星㊥　清盛の野望
篠　綾子

権謀術数渦巻く貴族社会で、平清盛は権力者への道を。鳥羽院をついで即位した後白河は崇徳上皇と対立。清盛は後白河側につき武士の第一人者に。

蒼龍の星㊦　覇王清盛
篠　綾子

平氏新王朝樹立を夢見た清盛だったが後白河との仲が決裂、東国では源頼朝が挙兵する。まったく新しい清盛像を描いた「蒼龍の星」三部作、完結。

全力で、1ミリ進もう。
中谷彰宏

「勇気がわいてくる70のコトバ」――過去から積み上げた「今」を生きるより、未来から逆算した「今」を生きよう。みるみる活力がでる中谷式発想術。

贅沢なキスをしよう。
中谷彰宏

「快感で生まれ変われる」具体例。節約型のエッチではなく、幸福な人と、エッチしよう。心を開くだけで、感じるような、ヒントが満載の必携書。